Thomas Rittershaus

Naheliegend

Humorvolle Geschichten aus Monzingen

Impressum

Bibliografische Information der Deutschen Nationalbibliothek:
Die Deutsche Nationalbibliothek verzeichnet diese
Publikation in der Deutschen Nationalbibliografie;
detaillierte bibliografische Daten sind im Internet
über http://dnb.dnb.de abrufbar.

Die automatisierte Analyse des Werkes, um daraus
Informationen insbesondere über Muster, Trends und
Korrelationen gemäß §44b UrhG („Text und Data Mining")
zu gewinnen, ist untersagt.

Herstellung und Verlag: BoD – Books on Demand, Norderstedt

ISBN: 978-3-7583-2501-4

Inhaltsverzeichnis

Begegnungen mit Menschen empfinde ich als ausgesprochen vielseitig. Mal einschläfernd, mal bereichernd, dann wieder langweilig oder überraschend, bisweilen ausgesprochen unangenehm. Oder sie machen mich neugierig, ab und zu sind sie völlig uninteressant oder euphorisierend, manchmal abstossend oder inspirierend. Hin und wieder sind sie auch einfach genial.

Seit ich vor einigen Jahren in Monzingen eingezogen bin, habe ich viele solcher Begegnungen gehabt, die häufig nachhaltige Eindrücke bei mir hinterlassen haben. Einige Begegnungen waren gewöhnlich, andere so besonders, dass ich sie einfach festhalten muss.

Und da ich nun ein Haus an der Nahe habe, finde ich das folgerichtig sozusagen Naheliegend.

Im Frühjahr muss ich quasi aus gegebener Veranlassung, wie man ebenso vieldeutig wie unpräzise und geheimnistuerisch zu sagen pflegt, mich auf die Suche nach einer neuen Bleibe machen. Bislang wohne ich etwas südlich von einer größeren Stadt, die für dort verlorene Herzen bei romantisch geprägten Seelen bekannt ist. Ich will in diesem Ort eigentlich nicht wohnen, habe mich aber seinerzeit einer gewissen Hoffnung hingegeben, die sich subjektiv nun als Fehleinschätzung entpuppt. Als ich dieses betrüblichen Umstands gewahr werde, stelle ich schnell fest, dass ich mich hier immer noch nicht richtig wohlfühle, sondern meine Wohnung für mich allein auch zu groß und so teuer ist, dass ich statt der Miete auch locker einen nicht allzu lang laufenden Kredit zurückzahlen kann. Ausserdem kann ich so auch dem streitsüchtigen Turteltäuberichpärchen über mir und dem mich dauernd zuparkenden Nachbarn gegenüber entkommen, ohne einen osteuropäischen Breitschultrigen um gelegentliche Hilfe bitten zu müssen. Ich entschliesse mich also folgerichtig zur multikausalen Dorfflucht.

Aber wohin?

Die schöne und von mir sehr geliebte Vorderpfalz scheidet leider aus nachdem ich feststelle, dass offensichtlich auch andere Dubbeglasliebhaber dort nach dauerhaften Aufenthaltsorten suchen und so das Preisniveau in Gegenden geschraubt haben, die weit von meinem Budget entfernt sind. Schon die Vorstellung einer solchen Finanzierung würde mich augenblicklich entweder in eine tiefere Depression oder die eher zu bevorzugende, aber gleichwohl ungesunde Trunksucht treiben.

Mit der mir gegebenen Fähigkeit zur glasklaren Analyse sortiere ich meine Prioritäten: Nicht allzu weit weg von den drei besten Kindern der Welt, nach zehn Jahren im Vergleich zur Miete im Plus, überschaubarer Renovierungsaufwand, mindestens zehn Kilometer Entfernung zur nächsten Disco, gut mit Auto und Zug zu erreichen, Onkel Doktor vor Ort, Wein- und Bierzapfstelle in der Nähe, sympathischer Bürgermeister, Nachbarn mit Hühnern (Ei zum Frühstück), Handy- und Internetempfang, Wander- und Gesangsverein im Ort, Bäcker und Metzger auch, Milchautomat beim lokalen Landwirt, Blumengeschäft (vielleicht wird man ja mal eingeladen), Einzelhändler in maximal fünf Kilometer Entfernung, aber mindestens fünf Weingüter, kleiner Bachlauf zum Füße reinhalten im Sommer, Campingplatz für meine Gäste, damit die mir zu Hause nicht so auf den Keks gehen. Ruhig sollte die Gegend aber trotzdem sein, gute Luft und historische Bausubstanz für's Auge würde ich nicht ablehnen.

Ich kontrolliere die Liste meiner Begierden und befinde, dass meine Vorstellungen durchaus naheliegend sind.

Naheliegend? Das Wort lässt mich nicht los.

Die nächsten Schritte sind einfach: Google-Maps, Nahe finden, Hausscout.de (oder so ähnlich) durchsuchen, Preis drücken, zum Notar, einziehen. Fertig.

Ich kaufe dann wenig später das Häuschen in Monzingen. Oft werde ich gefragt, wie ich denn nach Monzingen gekommen sei. Erster Gedanke, der aber bei den Fragestellern nur als suboptimale Auskunft empfunden wird: Mit dem Auto. Zwar ist das auch naheliegend, aber die Antwort ‚ich fand's Naheliegend' leuchtet den Fragestellern sofort ein und zaubert regelmäßig ein Lächeln auf die Gesichter. Auch Naheliegend, finde ich.

EINZUG

Ein Samstag im August. Der von mir gemietete LKW fährt rückwärts zum Haus. Wir müssen aufpassen, um in der engen Gasse nicht an der einen oder anderen Hauswand hängen zu bleiben. Hebebühne ablassen und locker zehn Helfer rocken die Sache.

Meine jüngste Tochter macht sich erst einmal mit den örtlichen Gegebenheiten vertraut, stösst sich ein paar Mal ihr hübsches Köpfchen an den zu niedrigen Durchgängen in Onkel Toms Hütte, baut sich dann vor mir auf, stemmt die Hände in ihre Hüften und stöhnt: „Papa! Du musst als erstes die ganzen Teppiche rauswerfen! Die stinken ja gotterbärmlich!"
Hmm, denke ich, vielleicht richtig. Mein Vorgänger ist zweifellos handwerklich begabt, aber vermutlich ist ein Staubsauger erstens kein Werkzeug und zweitens ist er, der Vorgän-

ger, dermaßen gechillt, dass er wohl auch denkt, dass Dreck schön klebt und daher viele Dinge gut zusammenhält. Beschlossen! Die Teppiche fliegen raus und wir lüften mal gründlich durch.

Circa drei Stunden später ist der LKW leer und eine Kiste Bier auch. Ich bin dankbar. Tische, Stühle und Schränke sind da, wo sie hingehören, Bett aufgebaut und alle beschrifteten Kartons da, wo sie hin sollen.

In den kommenden zwei Wochen miste ich erst mal aus. Ich hatte das Haus so gekauft, wie andere Menschen Boote kaufen. Mit „Pütt un Pann", also sozusagen mit allem drum und dran. Wie besehen eben. Ich hatte das auch ganz bewusst so vereinbart, denn die vielen Werkzeuge, Schrauben, Nägel, Werkbank usw kann ich gut gebrauchen. Was ich nicht besehen hatte, waren alte dreckige Jogginghosen, Socken, Unterwäsche und andere antike Habseligkeiten meines Vorgängers, die ich an den unmöglichsten Stellen und überall im Haus vorfinde. Hilft nichts, denke ich, einfach anfangen und irgendwann bist du durch. Also grossen Müllsack her und hinein mit den Schätzchen. Noch einen Sack. Und noch einen. Es läppert sich da ganz schön was zusammen, stelle ich fest. Ich richte einen Abfallhaufen in der Scheune hinter dem Tor ein.

Der Haufen wächst innerhalb der nächsten drei Wochen in ganz erstaunlichem Umfang. Lampen, Bretter, Regale, Bücher, Bilder, Bettpfannen, Kisten und und und. Ich staune täglich mehr, was da so alles angesammelt wurde. Nach drei Fahrten zum Wertstoffhof (du musst dich vorher online anmelden, sonst wird das nichts in Coronazeiten) reicht es mir. Ich rufe meinen Vorgänger an und teile ihm mit, er dürfe jetzt auch mal fahren. Er erscheint am nächsten Vormittag und beschließt kurzerhand, dass wir den Großteil der Sammlung auf die Straße stellen.

„Ja, und dann?," will ich wissen.

„Warte mal. Nach einer Viertelstunde ist das weg", beruhigt er mich.

Ich denke nur ,häh??'

Aber er behält recht. Zwei Schränke, Klapptisch, alte Abwasserrohre, Flickenteppiche, vier Regale, Metallkübel, Schaukelpferd, Matratzen, Handtuchhalter und noch viele andere Schmuckstücke sind nach wenigen Minuten verschwunden. Einfach weg. Ich staune immer mehr.

Was ich nicht wusste: Nebenan wohnt Bettina. Sie hat wenig Geld, eine grosse, meist sehr bestimmend anmutende Klappe und kann offensichtlich einfach alles gebrauchen. Mir ist zwar sehr schleierhaft für was, aber es tut gut zu wissen, dass ich wohl ein Haus mit angeschlossenem Wertstoffhof nun mein eigen nennen kann. Hat ja auch nicht jeder. Und wer weiß? Vielleicht ist das ein unique selling point, wenn ich irgendwann einmal wieder ausziehen möchte.

DER AM BAUM HÄNGT

Es ist August, die Sonne scheint und die Welt ist in Ordnung. Andere liegen am Strand oder stehen auf dem Weg dahin im Stau. Ich nicht. Ich bin sparsam und wohne ja schließlich schon da, wo andere Urlaub machen. Geh mal zum Campingplatz und suche einen Deutschen. Findest du nicht, denn die liegen in Holland im Sand. Die Holländer sind dafür hier. Irgendwie Naheliegend.

Ich liege nicht am Meeresufer, sondern stehe im Hof vor meinem Scheunentor, das nach Jahren der Vernachlässigung eine neue Lackierung braucht. Drei Dreiecksschleifer vom lokalen Discounter (wo es all die schönen Dinge gibt) habe ich mit dem Abschleifen des großen Tores in den letzten drei Wochen schon zum Spuleninfarkt getrieben. Dreiecksschleifer Nummer vier schiebe und ziehe ich jetzt mit geradezu hölzerner Empathie über die Latten des kleinen Tors, das ich zur Erleichterung ausgehängt und auf zwei Arbeitsböcke gelegt habe.

Plötzlich stehen vier stattliche Herren vor mir und deuten mit sehr nachhaltigem Fingerzeigen auf meine Schleifmaschine, um mit dieser Fuchtelei mir irgendwie zu signalisieren, ich solle die Maschine abstellen. Ja, ja, schon gut, denke ich. Ich weiß, es ist 14.15 Uhr und Mittagsruhe.

Ich stelle die Maschine ab. Der seriöse Herr ganz rechts fängt aber entgegen meiner Erwartungen (traumatische Nachbarschaftserlebnisse am vorherigen Wohnsitz hinterließen ihre Spuren in meiner wohl sehr rücksichtslosen Seele) nicht sofort an zu schimpfen, sondern stellt sich vor. Er heisse Karl Fels und sei hier der Bürgermeister. Ich nehme Haltung an und versuche meinem Beeindrucktsein angemessenen Ausdruck zu verleihen. Da steht tatsächlich der Bürgermeister vor mir. Mit ihm hatte ich im Vorfeld des Kaufs schon eine ausgesprochen nette Korrespondenz per eMail als ich mich erkundige, ob denn die Gemeinde wohl gedenke, von ihrem gesetzlichen Vorkaufsrecht Gebrauch zu machen. Sie gedachte damals nicht und der Bürgermeister beantwortet meine Anfrage in Windeseile. Das beeindruckt mich, und ich kann mich noch gut daran erinnern. Ich sage zu ihm, dass ich es aber ganz besonders aufmerksam finde, dass er nicht nur Mailanfragen sehr schnell beantwortet, sondern offensichtlich auch Neubürger persönlich nach Einzug begrüßt. „Und die anderen Herren? Ist das ihr Gefolge?", frage ich. Bevor Karl Fels erwidern kann, klärt mich der zweite Herr von rechts auf. „Ich bin der, der hier am Baum hängt." „Oh!", sage ich impulsiv und einigermaßen sprachlos. Denn der Herr sieht gar nicht so gehängt, sondern eher tatkräftig und gut ernährt aus. „Das sollten sie nicht tun, es ist auf Dauer durchaus ungesund", empfahl ich ihm aus Naheliegenden Gründen. Ich lerne dann, dass er der Kandidat für die bevorstehende Bundestagswahl ist, dessen Strahlegesicht auf vielen Plakaten zu sehen ist, die eben am Baum hängen. Der gefällt mir, denke ich.

So bekommt doch der Stimmenfang gleich eine humorvolle Note. Es folgt ein längeres Gespräch mit Karl Fels, Jochen Bierfeld (der Bundestagskandidat), seinem Personenschützer sowie einem weiteren Mitglied des Gemeinderats, dessen Name ich vor Schreck sofort vergesse, über meinen Hauskauf und was ich denn gerade tue. „Wonach sieht es denn aus?", frage ich. „Sie lackieren das Scheunentor neu", sagt Jochen Bierfeld und fügt hinzu: „Naheliegend."

Das Direktmandat hatte bisher eine ehemalige Weinkönigin inne. Es wird ihr von Jochen Bierfeld abgenommen. Naheliegend, die gereifte Weinkönigin hatte sich hier auch nie blicken lassen.

KEGELABEND

Letzter Freitag im Monat. Ich habe die ganze Woche geschmirgelt, gestrichen, gebohrt, geschraubt, lackiert oder sonst irgendwie die Zeit damit verbracht an Onkel Toms Hütte in mehr oder weniger sinnvoller Reihenfolge Verschö-

nerungsarbeiten durchzuführen. Jetzt ist Feierabend.

Da die neue Küche immer noch auf sich warten
lässt und ich mit dem antiquarischen Herd, der
unverändert fest mit dem ebenso antiquarischen Fett meines Vorgängers versehen ist, kein
wirklich gutes Verhältnis habe, beschließe ich,
mir in der Naheliegenden Restaurationsstätte
von Ahmet und Mahmut eine südeuropäische
rundliche Chronik der Woche zu gönnen, auch
um meine Integrationsbemühungen ins neue
Leben vielleicht noch ein Stück voranzutreiben.

Ahmets Restauration ist zweckdienlich einge-
richtet. Tresen, gepolsterte Bänke hinter stabi-
len Holztischen, anheimelnde Teelichter in
kleinen Gläschen, zwei Spielautomaten, die
fest reserviert sind für eine kleine Sechs-Mann-
und-eine-Frau-Gruppe, zwei Dartanlagen für
die restliche Bevölkerung, einen stark gekühl-
ten Raucherraum für die Nichttabaksteuerhin-
terzieher, einen Beamer mit Leinwand für die
armen Mitmenschen ohne heimisches Fernseh-
gerät zur Verfolgung von Massenveranstaltun-
gen, in denen 22 Personen einem Ball nach-
rennen und am Ende immer die Deutschen
gewannen, als sie noch nicht regelmäßig in
den Vorrunden ausschieden. Mobile Bluetooth-

box hat's auch. Das ist an hohen Feiertagen (Weiberfasnacht, Himmelfahrt etc) von geradezu herausragender Bedeutung, weil es nicht nur das Volk von der Gasse holt, sondern auch Ahmets Kassenbuch (ob er eins hat?) dicker werden lässt.

Die Speisekarte bietet zu wirklich fairen Preisen Schnitzel, Pasta, Pizza, Salate in diversen Variationen. Pizza ist klasse, Salate frisch und Fleisch stets sehr heiss, obgleich es kurz vor der Zubereitung noch sehr gefroren haben muss. Der Koch ist dauerverliebt, was Salzfreunde begeistert. Westafrikanische Servierweise (Togo) ist beliebt bei den Naheliegenden, die an manchen Tagen scharenweise kommen und mit vielen Kartons wieder gehen.

Ich verspeise also an jenem Freitagabend eine Pizza (Variante Hula Hoop, 30 cm, mit extra Pfeffer), lobe auf Nachfrage die Küche (war ja keine Verliebtheitssauce dabei) und gehe dann in den Raucherraum, um meiner Suchtsteuerpflicht genüge zu tun. Da entdeckt mich Karl Fels. Heute ist er ohne Gefolge. Er sieht sich im gesamten Etablissement aufmerksam um, stellt offensichtlich fest, dass die Luft rein ist und betritt den Raucherraum (verträgt er keine reine Luft?) und steuert ziel- und selbstsicher auf mich zu. Ich erhebe mich, nehme erneut Haltung an und bedanke mich für die abermalige Ansprache. Karl Fels bestellt sich ortsuntypisch ein dunkles obergäriges Bier vom Niederrhein (ja, wer schon mal in Issum war, der kennt sich aus) und zwei Schnäpse für uns. Wir kommen schnell ins Gespräch, was mich freut. Er verrät, dass er mich nur deshalb angesprochen hat, weil keiner seiner ehemaligen Kegelbrüder gekommen ist. Dazu besteht wohl eine gewisse Verpflichtung am letzten Freitag im Monat. Der früher auf alle Neune spezialisierte Club hatte wohl bei Einstellen der Kegelübungen („Rücken! Bücken!") beschlossen, sich dann wenigstens alle vier Wochen zum Austausch veralteter Erinnerungen zu treffen. Heute sind aber außer Karl wohl alle unpässlich (Rücken, sag ich doch).

Vier Schnäpse und drei Bier später wird mir dann klar, dass Karl den Kegelabend nutzt, um sein Wissen über diesen Neubürger zu vergrößern. Was hat er mit dem Haus vor (wohnen)? Was hat es gekostet (zu viel, will er spenden)? Warum Monzingen (Naheliegend!)? Familienstand (hat er)? Kinder (auch)? Bislang wo gelebt (sieht man am Auto, hat noch das alte Kennzeichen)? Jahrgang (wir sind gleich alt)? Sonst noch was? Ich drehe dann den Spieß um und befrage ihn, was denn den Ort eigentlich so ausmacht und wie er ihn weiterentwickeln wolle. Ich lerne viel über das geschichtliche Kulturzentrum nahe der Bundesstraße, das aber ziemlich in die Jahre gekommen ist und es daher eine Neukonzeption zu entwerfen gilt (das könnte dauern), den Sportverein und den Chor mit dem klangvollen, aber absolut nicht gendergerechtem Namen Sängerlust. Absolut nicht auf der Höhe der Zeit, denke ich mir, spreche es aber nicht aus, weil ich nicht Gefahr laufen will, mich schon nach wenigen Wochen mit neumodischer Oberschlaumeierei unbeliebt zu machen.

Eine Viertelstunde, vier Schnäpse und zwei Bier weiter sind wir dann per du und wir reden über unsere Gesangserfahrungen. Details spielen keine Rolle. Sängerlust! Der gesamte Vorstand ist weiblich, die Damen wie in allen Chören in mehr als qualifizierter Mehrheit (Wikipedia fragen!) und die paar Herren glänzen durch häufige Abwesenheit (Ausschusssitzungen (warum machen die eigentlich immer nur Ausschuss?), Skandinavienreisen, Segeltörns, Corona, „Rücken"). Nur Leo, der ist immer da (1. Reihe, Naheliegend).

„Tschüss", ruft Karl, der nicht mehr raucht, seit er keine Zigarillos mehr auf der Ablage über der Glasscheibe zum Tresen liegen hat, „wir sehen uns am Dienstag zur Chorprobe, ich hol' dich ab."

Habe ich etwas verpasst? Der Dorfmajestix hat mich offensichtlich nicht nur eingemeindet, sondern auch eingechort, weil Männer da ja immer Mangelware sind (dem Namen zum Trotz). Auch Naheliegend!

ENERGIEWENDE

Nach und nach nehme ich mich der Dinge an, die eben erforderlich sind, wenn du eine alte Hütte gekauft hast. Jetzt ist mal die Ölheizung dran. Sie ist gute 30 Jahre alt, weist mehrere Prüfungsaufkleber aus. Der jüngste Bepper wird bald volljährig. Schnell wird klar, dass hier schon lange kein Experte mehr dran war. Also suche ich mir einen Fachmann und lasse die Ölheizung inspizieren. Irgendein Zündungsersatzteil wird erneuert, was angeblich auch Zeit wird, und die Heizung gereinigt. Da ich dem Braten nicht so recht traue, bitte ich um Beratung, durch welche Heizung man denn die alte wann ersetzen sollte. Der Fachmann rät aufgrund geringer Personenzahl im Haus von einer Pelletheizung ab und empfiehlt Gasheizung, die auch kostengünstiger wäre. Ich bitte um ein Angebot. Sagt er zu. Und dann beginnt das altbekannte Spiel. Ich mahne das Angebot nach vier Wochen an. Experte ist nicht erreichbar und ruft auch nicht zurück. Einen Monat später ist alles unverändert, ebenso nach drei Monaten. Ich versuche es bei Mitbewerbern. Einer will vorbeikommen, tut es aber nicht. Ein anderer bekommt keine Heizung, „weil es im Markt keine gibt". Der nächste sagt, alle neuen Heizungen gingen ins Ahrtal, weil die Menschen es dort nach der Flutkatastrophe nötiger haben. Überall bekomme ich maximal Trostpflaster, aber keine Lösung. Einziger positiver Punkt ist, dass diese Firmen zum Glück nicht in Monzingen domizilieren.

Abends sitze ich dann wieder zum Bierchen mit Nudeln bei Ahmet. Der macht den Fehler, mich zu fragen wie es mir geht. Also gut: Frustabladestelle Ahmet bekommt alles ab und muss sich mein Heizungsdrama antun. Hört's und fragt mich nur kurz, warum ich denn nicht Karl frage.

„Wer bitte ist Karl?", will ich wissen.

„Na, der Heizungsbauer von da unten", sagt er und zeigt zum Fenster. „Ah, schau mal! Da kommt er gerade durch die Tür".

„Dann gib dem bitte mal ein Bier von mir und mache uns doch mal bekannt", bitte ich ihn.

Karl macht keine Öl- und Gasheizungen mehr. Zu viel Schulungsbedarf aufgrund des germanischen Regelungsbedarfs. Er macht nur noch Pelletheizungen. Schade, dass passt ja nicht für für mich und denke an meinen Wartungsprofi, der keine Angebote machen will. Karl erklärt mir, dass natürlich das Gegenteil richtig ist. Ich bitte ihn um einen Hausbesuch, um das zu konkretisieren. Drei Tage später ist er da, schaut, erzählt, erklärt und bietet mir eine Kombination aus Pelletheizung und Luftwärmepumpe (für das warme Wasser) an. Beantragung der staatlichen Förderung inklusive. Entsorgung der Ölheizung und der dazugehörigen Tanks ebenfalls. Überzeugt mich. Im Januar bestellt und termingerecht im September in Betrieb genommen. Alles super reibungslos und zuverlässig. So geht das! Da können sich die Mitbewerber aus dem Feindesland noch so einiges abgucken.

Fazit: Karl kann es und Ahmet kennt die richtigen Leute. Man sollte öfter in die Kneipe gehen!

Naheliegend.

DAS WEINGUT

Es ist Mittwoch. Ich sitze bei Ahmet und frühstücke gegen 17.30 Uhr. Vorher hatte ich mich ungefähr neun Stunden meiner neuen Morgengymnastik gewidmet, indem ich stundenlang die Balken im Treppenhaus gestrichen habe. Die beim Kauf des Hauses vorgefundene Farbe erinnert mich dermaßen an Magenverstimmungen und resultierende Störungen, die namentlich zu nennen ich mir hier verkneifen möchte, dass ich dieser netzhautreizenden Störung ein neues Aussehen verschaffen will.

Ahmet bringt die Mafiatorte und Pfeffer und Salz (er bringt immer Pfeffer und Salz, wenn ich um Pfeffer bitte). Er fragt mich, ob er mich mal was fragen darf. Da er es ja schon tut, bin ich natürlich einverstanden. Ich habe doch einen freundlichen Helfer bei meinen Renovierungsarbeiten, meint er. Ich bejahe, verstehe aber nicht, wo da jetzt die Frage ist. Ja, ob denn dieser Helfer noch Zeit habe, um einem älteren Ehepaar auch zu helfen. Denn die würden schon seit zehn Jahren allein an ihrem Haus verschönern, aber offenbar nie fertig werden. Sie, Regina, leide darunter sehr und drohe wohl schon mit Trennung. Er, Isidor, sehe das (das Leiden, nicht die Trennung) offensichtlich überaus locker und mache den Eindruck auf Ahmet, dass ihm der Fertigstellungszeitdruck sozusagen am Popöchen vorbeigeht. Ich erlaube Ahmet, den Herrschaften meine Telefonnummer zu geben. Vielleicht kann ich ja im Interesse aller Beteiligten einen hilfreichen Kontakt vermitteln.

Am nächsten Tag klingelt das Telefon. Isidor ruft an, und wir verabreden uns. Isidor macht auf mich einen - vorsichtig formuliert - etwas lebenskünstlerischen Eindruck. Verschmitzt lächelnde Augen unter wilden Haarbüscheln, die zu verhindern versuchen, dass dem Betrachter auffällt, dass sein Rasierpinsel in der Inspektion ist. Die Jogginghose hat starke Sehnsucht nach Persil. Das T-Shirt ist gut belüftet und hält den Staub seiner Renovierungsarbeiten nur suboptimal von der Haut fern. Seine kräftigen Hände lassen klar erkennen, Handwerken macht er häufig. Da muss die Körperpflege im Rang zurücktreten. Er dreht sich eine Zigarette. Vermutlich reiht er die Tabakfasern der Reihe nach im Papier auf und rollt dann seinen Glimmstängel. Dünner geht's nur, wenn er gar keinen Tabak in die Zigarette mischt und lediglich das Papier rollt. Ob das nach Tabak schmeckt?

Ich möchte mit Isidor nicht tauschen, aber seine lockere unbeschwerte Art wirkt sehr lebenslustig und riecht nach Abenteuer. Das hat was.

Isidor ist ausgesprochen gesprächig (Aszendent Vielbabbler) und lädt mich sofort zu sich ein. Ich möge mir doch sein Weingut einmal anschauen. Gesagt, getan. Zwei Gässchen weiter durchqueren wir ein altes klappriges Hoftor. Weingut? Das muss schon lange her sein, denke ich. Der ganze Hof ist meterhoch bewachsen mit Blumen, Tomaten, Kürbissen, Gurken, Zucchinis, Unkraut und was der grüne Daumen sonst noch sich vorzustellen in der Lage ist. Rechter Hand so etwas ähnliches wie ein Laubengang, in dem ein alter Traktor (läuft leider zur Zeit nicht mehr), eine Harley Davidson (gehörte vermutlich dem Großvater von John

Wayne), ein kleiner runder Tisch sowie drei stählerne Klappstühle aus dem Mittelalter stehen. Hinten im Hof entdecke ich drei riesige Feigenbäume, die mich an den subtropischen Regenwald von La Gomera erinnern. Daneben ein riesiges Loch. Durchmesser geschätzte zehn Meter und bestimmt vier Meter tief. Das war mal der Gewölbekeller bevor die darüber stehende Scheune eines Tages einstürzte, weil der Voreigentümer mangels Brennholz den einen oder anderen Balken aus der Fachwerkkonstruktion löste, um Feuer im Ofen zu machen. Irgendwann hatte die Statik der Scheune dann wohl aufgegeben und diese sich zur letzten Ruhe begeben. Das war es dann mit der Scheuer.

Links im Hof steht das Herrenhaus dieses Weinguts. Es ähnelt dem Laubengang. Die Aussenwände und Fachwerkbalken haben Isidor und Regina in mühsamer Handarbeit und mit viel Liebe zum Detail schon saniert. Innen sind sie noch nicht ganz so weit. Kein Putz an den Wänden, Küche funktioniert zwar, optisch fragt man sich aber, warum das noch so ist. Heizung Fehlanzeige, nur ein kleiner alter Holzofen hinter einer halben Wand in der Ecke. Im Obergeschoss sind Wände eingerissen und die neuen liegen noch im Baumarkt. Die Fussböden sind

nicht mehr vorhanden. Ich vermute, sie genüg-
ten nicht mehr Isidors Ansprüchen.

Dann lerne ich Isidors Frau Regina kennen.
Ihre schönen dunkelbraunen Augen lassen
mich denken, sie könne auch Rehgina heissen.
Schlanke, ja dünne Figur. Ihre Kleidung wirkt
künstlerisch. Baskenmütze, nietenbesetzte
Umhängetasche, schicke Weste, schwarze
Jeans, schlanke, kleine Füße in Lederstiefel-
chen. Auch ihren Fingernägeln sieht man Gar-
ten- und Hausarbeit deutlich an. Sie war früher
kaufmännische Angestellte, erzählt sie. Da
muß man auch erst einmal drauf kommen.
Aber die Sorgfalt eines ordentlichen Kauf-
manns spiegelt sich in den akkuraten Verfü-
gungen der Aussenwand wider. Reginas etwas
naiv und ruhig wirkende Erzählweise ist mir
sympathisch.

Zugegeben, unter einem Weingut stelle ich mir
etwas anderes vor. Mehr so mit Verkostungs-
raum, alten Fässern, Abfülleinrichtung, geräu-
migem Innenhof, Tresterduft, vielleicht noch
eine Laderampe im Hof. Das hier ist eher der
krampfhafte Versuch aus einer Ruine zunächst
einen amateurhaften Ökogarten mit ange-
schlossener Großbaustelle zu machen. Wenn
das das Ziel war, dann waren die beiden schon

sehr erfolgreich. Aber es bleibt kein Zweifel: Hier gibt's noch sehr viel zu tun.

Im Laufe des Tages lerne ich, dass Re(h)gina und Isidor ihr ehemaliges und zukünftiges Weingut vor zehn Jahren der örtlichen Volksbank aus einer Zwangsversteigerung heraus abgekauft haben. In den ersten zwei Jahren haben sie ausschließlich entrümpelt. Im Winter leben sie im Rheinland, weil Regina dort noch Häuser besitzt, die auch beheizt sind. Während dieser Zeit fällt Renovieren in Monzingen logischerweise aus. Hinzu kommt, dass Isidor auch einen Biorhythmus hat, der sich geringfügig von den Rhythmen anderer Handwerker unterscheidet. Er schläft meist mindestens bis zwölf Uhr mittags. Ich rechne kurz durch: Vor zehn Jahren gekauft. Arbeiten erst ab mittags, also zehn durch zwei (Tageshälften) ergibt fünf. Fünf Jahre minus zwei Jahre Entrümpeln macht drei Jahre. Die Hälfte davon im Rheinland verbracht (Winter) ergeben dann effektiv rund 18 Monate „normalen" Arbeitseinsatzes. Ich beginne zu verstehen, warum von Fertigstellung seit zehn Jahren nichts zu spüren ist. Und ich verstehe, warum Regina (sie ist über 70!) Zweifel kommen, ob sie das Ende der Renovierungsarbeiten jemals erleben wird.

Ich verspreche, meinen Helfer zu fragen, ob er Zeit für die beiden hat, um dem Baufortschritt etwas auf die Sprünge zu helfen. Leider ist er für die nächsten Monate verplant. Schade.

DIE NEUE ALTE HAUSTÜR

Drei Tage später sind Regina und Isidor bei mir zum Mittagessen. Bei Feldsalat und gefüllten Tomaten aus dem Römertopf fachsimpeln wir über unsere Renovierungsarbeiten.

Die von mir gekaufte Hütte steht seit geschätzten über 160 Jahren und hat seitdem sicherlich die eine oder andere Veränderung erfahren. Direkt bei Einzug habe ich das Glück über Umwege schnell den schon erwähnten Helfer zu finden, der mir das alte Bad erneuert, neue Wasserleitungen einzieht und einen Waschmaschinenanschluss legt. Auch die Küche kann recht schnell ersetzt werden. Die restlichen Arbeiten haben mehr Zeit, weil sie im Grunde nur optische Relevanz haben. Einzige Ausnahmen: Die alte Haustür und ein doppelflügeliges Fenster, die beide nur einfachverglast und schlecht isoliert sind.

So erzähle ich Regina und Isidor meine Erlebnisse mit dem lokalen Schreiner. Ich hatte ihn im Telefonbuch gefunden und ihn auch bewegen können, sich Fenster und Haustür anzusehen. Er verspricht, mir ein Angebot zu machen. Das erfreut den Hauseigentümer heutzutage, denn Handwerker, die Zeit, Lust und vernünftige Preise haben, sind ja so gut wie ausgestorben. Nach vierzehn Tagen versuche ich ihn an sein Angebot zu erinnern. Er verspricht es für „morgen Abend". Das wiederholt sich dann zwei Wochen später und dann noch einmal im darauf folgenden Monat. Zu früh gefreut….

Der nächste Versuch bei einem Schreiner aus dem Nachbarort verläuft schon besser. Er kommt, sieht und bietet an. Nur der Preis lässt mich kurzfristig nach Luft schnappen. Halber Neuwagen für eine schmale Haustür und ein Fenster! Aber was bleibt mir anderes übrig? Schlechte Isolierung und Einfachverglasung sind auch keine Option auf Dauer. Also beisse ich in den sauren Apfel und nehme das Angebot an. Ich bin schließlich froh, überhaupt einen Lieferanten gefunden zu haben.

Isidor, handwerklich deutlich begabter als ich und mit leichtem Hang zum Sparschwein, schaut mich kritisch an als ich ihm den Preis nenne. Blitzartig entwickelt er eine andere Idee als sei das das Normalste der Welt. „Die alten Scheiben schneidest du raus, bestellst im Netz Doppelverglasung, setzt eine Leiste davor. Fertig.", sagt er. „Und die neue Haustür vergisst du ganz schnell. Du nimmst die alte Tür, machst die Fenster raus, bringst Isolierung auf und schraubst die alte vergammelte Eichentür, die dein Vorgänger im Hof an der Mauer stehen hat, auf die alte Haustür drauf." Ich staune. Geile Idee! Aber ob das funktioniert? Und das dauert ja ewig (ich denke an seine zehnjährige, unvollständige Renovierung des Weinguts). Aber ich merke mir das mal.

Regina und Isidor sind wieder weg. Telefon. Schreiner anrufen. „Haben Sie die Tür schon bestellt?", will ich wissen. „Nein, bin ich noch nicht zu gekommen." „Gut!", entgegne ich, „könnten Sie bitte noch einmal bei mir vorbeischauen? Ich habe da noch eine Idee, die ich mit Ihnen besprechen möchte." Er kommt am nächsten Tag und wir inspizieren Fenster, die aktuelle Haustür und die alte Eichentür im Hof. Isidors Vorschlag funktioniert.

Ergebnis: Kein neuer Fensterrahmen, sondern nur neue doppelverglaste Fenster und eine wirklich hervorragend aufgearbeitete historische Eichentür wird auf meine vorhandene Haustür montiert. Grandios! Vier Wochen später ist alles eingebaut, sieht klasse aus. Und der Preis hat sich gegenüber dem ersten Angebot um zwei Drittel reduziert!

Ich lade Regina und Isidor zum Essen ein. Naheliegend.

CARL

Tja, der Carl. Was soll ich über ihn sagen? Schwierig. Carl lerne ich kennen, weil ich ihm vorgestellt werde. Mein erster Eindruck ist, dass er eigentlich gar nichts mit mir zu tun haben will. Wir klingeln bei ihm und es dauert eine Ewigkeit bis die Sprechanlage des Hauses ein müdes „Jaaaa?" ertönen lässt. Eine weitere Ewigkeit später erscheint Carl an der Haustür. Er ist einen Kopf kleiner als ich, kurze Stoppelhaarfrisur, unrasiert, alte Anzughose und ein dunkelrotes T-Shirt, das eigentlich schon lange in Rente sein sollte. Seine Leibesfülle ist nicht unerheblich. Ob er bald niederkommt? Ich stelle mich vor, weil wir ja jetzt nicht allzu weit auseinander wohnen. „Ja, danke,“ sagt er, „dann mal gutes Eingewöhnen.“ Und tschüss. War ja eine kurze Vorstellung.

Ein paar Tage später treffe ich Carl auf der Strasse. Ich schlage ihm einen nachbarschaftlichen Deal vor. Ich darf mich an sonnigen Tagen ab und zu einmal in seinen kleinen Garten setzen und schneide ihm dafür seine Hecke. Denn die Hecke und Büsche haben es sehr nötig. Carl ist sofort einverstanden, und ich freue mich.

Carl erzählt mir aus seinem Leben, in dem er einige heftige Schicksalsschläge verdauen musste. Vielleicht hat er sich danach so in sein Haus zurückgezogen, denke ich. Es wäre jedenfalls verständlich, wenngleich für seine Zukunft für meinen Geschmack nicht hilfreich. Aber er wird seine Gründe haben. Rein äußerlich gesehen macht er jedenfalls den Eindruck, ein sehr dickes Fell zu haben. Es stört ihn wenig bis gar nicht, wenn vor dem Haus Unkraut wächst, die Blätter wild durch die Gasse fliegen und von Fensterbänken und Haussockel die Farbe abblättert. Auch das entsprechende Gerede im

Dorf über diese Lebenseinstellung erträgt er in beispielhafter Gelassenheit. Unkraut und Blätter werden es ihm danken. Nur wenn sie dann allzu laut ‚danke!' rufen (so ungefähr zweimal im Jahr), dann läuft Carl zu Hochform auf, legt das rote T-Shirt ab und kehrt mit blossem Oberkörper (Buddhabauch und Körbchengröße C oder D) alles zusammen und füllt seine Biotonne. Dabei bedient er sich einer Betonschaufel und eines langstieligen Besens, um sich nicht bis zum Boden bücken zu müssen (wohl deswegen war er, glaube ich, auch nie Mitglied im Freitagskegelclub). Auf die Idee muss man auch erst mal kommen, denke ich und beneide ihn um diese kraftsparende Technik.

Carls Strassenpflege mag noch Luft nach oben haben, aber er beglückt seine Gemeindemitglieder eben anders. Er setzt die Tradition seines Vaters fort und pflanzt Weihnachtsbäume an, die er alljährlich zu wirklichen Spottpreisen verkauft. Helfen tut ihm regelmäßig Leo (Sängerlust, 1. Reihe), ein alter treuer Freund seines Vaters, denn: Carl hat keinen Sägeschein. Folglich braucht er Leo, denn der hat einen. Leo hat eine auch eine Kettensäge (Werbeslogan: ‚Nimm keine träge Säge. Nimm die von Schaft. Die schafft!') Und das Helfen hält ja schließlich Leo auch fit und lässt Traditionen weiter leben.

Freitags gehen Carl und ich oft essen. Kleine gewichtserhaltende Unternehmungen eben, die auch die Einsamkeit vertreiben. Wir reden dann intensiv miteinander bis das erste Radler- oder Bierglas vor uns steht. Dann genießen wir das Essen. Das geht bei Carl regelmäßig deutlich schneller als bei mir, obwohl Carl meist größere Portionen („Salat mit doppelt Putenbruststreifen" oder „Pizza Baran mit doppelt Shrimps") bestellt als ich. Carl kann es vermutlich nicht ertragen, wenn ich vor ihm meinen Teller leergegessen habe und beeilt sich entsprechend. Vielleicht hat er in seinem Unterbewusstsein Angst, ich könnte vielleicht später noch über seinen Teller herfallen. Er speist jedenfalls mit großer Hingabe und lässt sich auch dann nicht außer Eile bringen, wenn die gelegentlich zu kurze Unterlippe dazu führt, dass sein rotes T-Shirt sozusagen nachgemustert wird. Opfer müssen sein.

Carl ist jetzt in Rente und dem anstrengenden Homeoffice, in dem er zuletzt dauerhaft mindestens drei Jahre gearbeitet hat, nun entsprungen. Was er jetzt den ganzen Tag so macht, ist Carls gut gehütetes Geheimnis. Man

weiß nur, das es indoor sein muß, denn draußen ist er nur zum Einkaufen zu sehen. Auch
der normalerweise sehr gut unterrichtete MND
(Monzinger Nachrichtendienst) hat hier angeblich keinerlei Erkenntnisse.

Aber Carl hat Pläne für die Zukunft! Haus aus-
bessern, Gartenzaun erneuern und wieder eine
Motoguzzi fahren. Eines freitags frage ihn, ob
er schon eine gekauft hat.
„Nein“, meint er, „ich muss erst mal zehn Kilo
abnehmen, damit ich in die Motorradklamotten
komme.“
Ich muss an Goethe denken: „Die Botschaft
hör’ ich wohl……“
„Kauf dir doch neue,“ schlage ich vor.
„Nein.“

Hoffentlich ist Carl noch nicht zu alt für die
Motoguzzi, wenn er die zehn Kilo los ist. Ich
bin gespannt und denke, das ist Naheliegend.

DASSYKRON

Guten Morgen, mein lieber Dassy,

lange habe ich mir überlegt, wie ich gebührend meiner feindlichen Erregung Ausdruck verleihen könnte. Es ist ja schliesslich nicht nur so, dass mich unser Dorfmajestix quasi gezwungen hat, in einen Chor einzutreten, um mir von einem mittelscheitelgeprägten Profi klarmachen zu lassen, dass ich musikalisch über weite Strecken noch Luft nach oben/unten/laut/leise/crescendial (Nichtzutreffendes ist wie immer zu streichen) habe, sondern hinzu kommt noch, dass ich der ewig freundlichen Vorsitzenden des tonalen Lustvereins voll aufgesessen bin, obwohl ich als Seemann Aufsitzen wegen drohender Gesundheitsgefahr tunlichst vermeide. Aber die Dame hat sozusagen gerochen, dass ich zwar nicht auf den Mund gefallen bin, aber offensichtlich Probleme habe, das Wort nein auszusprechen.

So kam, was kommen musste: Ich wurde eingeteilt für Fronarbeiten im Zusammenhang mit dem lokalen Weihnachtsmarkt. Nun gut, Bänke und Tische aufstellen, Würstchen grillen, von denen man keins abbekommt, das geht ja noch. Was mir aber nicht klar war, dass ich dabei in enge Berührung mit einem überaus Verseuchten, der die aktuelle Variante „Dassykron" des Covidvirus in sich trägt, in Kontakt kommen würde.

Nach drei Tagen mutierte meine grosse Klappe zur Rotznase, im Hals scheuerte Schleifpapier (40er Körnung) und nachts kam dann noch Frost in der James Bond Variante („geschüttelt, nicht gerührt") hinzu.

Na, toll! Das hast du von deiner ewigen Jasagerei, sagte ich mir. Zehn Tage Isolation, Mitleidsheuchelei vieler Naheanliegenden, zwei Tagessätze für Kosten von Testkits, die mir täglich ihre roten Doppelstriche zugrinsten.

Ich beschloss, den ewig lustigen Boten, der mir statt einer Zigarette lieber Dassykron in meine Atemwege gepflanzt hatte, zu bitten, mir wenigstens eine Ausgabe seiner kürzlich erschienenen Literaturergüsse zu überlassen, die beim örtlichen Bäcker ohnehin neben Brötchen und Kaffeeteilchen ihr Ladenhüterdasein fristen. Gegen Covid, Delta, Ommikron und was weiß ich welche Varianten war ich ja mittlerweile viermal geimpft. Hilft aber offensichtlich nicht besonders gegen Dassykron.

Und siehe da: Noch einer, der nicht nein sagen kann! Der schreibende Bote mit dem Dassykronvirus lieferte sein Werk sogar frei Onkel Toms Hütte. Quasi als Wiedergutmachung für die Leiden, die er mir unwissentlich zuvor beschert hatte.

Nach der Lektüre seiner autobiographischen Peinlichkeiten, die er wenigstens wahrheitsgemäss mit „blamiere dich täglich" betitelt hatte, ging es mir dann schon etwas besser. Irgendwie konnte ich ihm seinen Dassykron nicht mehr so richtig übel nehmen. Wusste ich doch jetzt, dass er schon mal halb nackt im Winter auf seiner Garage hockt, weil ihm nicht klar ist, dass Boxershorts keine Hosentasche haben, in der man seinen Hausschlüssel verstauen kann. Dafür kann er aber schwedische Oldtimertraktoren reparieren, indem er Benzin in den leeren Tank kippt und der Ackerschlepper dann wieder seinen Dienst tut.

So einem guten Geist kann ich irgendwie nicht richtig böse sein, zumal er ja auch ein alter Marinekamerad ist und somit auch ein Salzwasserliebhaber sein muss. Das verbindet schliesslich.

Ich beschloss nicht nur ihm seinen Dassykron zu verzeihen inklusive der zehn Tage Lebenszeitverlust, die nun unwiderruflich im viralen Mülleimer gelandet sind, sondern ihm meine generöse Geisteshaltung auch kundzutun. Schliesslich ist heute dritter Advent und Friede im Dorf und in den Köpfen seiner Naheanrainer. Das ist vermutlich gesünder als meine Kraft auf die Entwicklung und Verteilung des Rachevirus Tommikron zu verschwenden. Und es fühlt sich auch schöner an!

Das Gefühl aus dem vorherigen Absatz hat übrigens nicht getrogen: Der aktuelle Testkit zeigt nur noch einen Rotstrich bei C.

Und jetzt gehe ich spazieren. Naheliegend.

Es ist früher Nachmittag. Ich sitze vor meinem Scheunentor, rauche eine Zigarette und trinke einen Liter Wasser. Pause. Da kommt eine charmant-verschmitzt lächelnde Dame mit ihrem alt-ADAC-farbenen (nein, er ist nicht altrosa!) Hund des Weges, bleibt stehen und erkundigt sich, ob ich denn hier der Neue sei. Ich gestehe, dass ich das Häuschen erworben habe, um es dem Voreigentümer zu ermöglichen, nun meine ehemalige Knete in ein Wohnmobil zu tauschen und auf Deutschlandtournee zu gehen (49 € Ticket gab es damals noch nicht). Da könne ich doch, meint sie, auch mittwochs mal mit Wandern gehen. Wandern? Ich? Ich will doch renovieren. Und Wandern riecht auch anstrengend. Ich weiß das von meiner Nichte, die Wanderungen in Marathondistanz macht, mal den Schwarzwald durchläuft, mal eine ganze Nacht wandert. Das wird dann alles bei Fatzebock publiziert und die Applaus- und Daumenhochgefühlsbekundungen gesammelt, ausgedruckt und säuberlich archiviert. Bei 12,5 Millionen Daumen gibt's dann ein neues Album. Aber gesund ist es, das Wandern. Ich will das nicht.

Die Dame lässt nicht locker. So schlimm sei das nicht. Nur alle 14 Tage. Im Sommer abends, im Winter um 14 Uhr (mein Mittagsschlaf!). Abends? Was soll das denn? Damit die Berufstätigen auch mitkommen können, lerne ich. Ist das realistisch? Berufstätige gehen abends nach Dutzenden von meetings, calls, beauty contests, matching awards, fatzeteim conferences oder ähnlichen Vergnügungen aus der Serie Bullenkackelotterie noch wandern? Ich muss alt geworden sein, habe ich noch nie gehört. „Ja, das nächste Mal wandern wir übermorgen. Da könnten Sie doch mal mitgehen! Wir treffen uns um 19 Uhr am Marktplatz! Pünktlich!"

Marktplatz? In Monzingen? Wo soll der denn sein? Ich lerne, dass der Marktplatz das rund gepflasterte Stückchen mit dem Brunnen und zwei Bänken ist, die jemand genau zwischen Ahmets Restaurationsstätte und dem Heizungsbauer meines Vertrauens aufgebaut hat. Aha. Marktplatz. Ohne Stand. Aber immerhin Marktplatz. Mal was anderes, würde der Freund meiner Tochter konstatieren.

Ich bin am Mittwoch um 18.50 Uhr am Marktplatz. Riecht nach Solowanderung. Nicht so schnell, junger Mann, es ist ja noch nicht sieben. Um 19 Uhr sind wir zu acht. Gisela, die

Dame, die mich zur Teilnahme so nachhaltig motivierte, Helga, Seniorchefin eines Alkoholproduzenten (Schmackhaft! Der Alkohol), Daisy, Kassiererin des Vereins, Rosalinde, Eigentümerin eines wirklich prächtigen Fachwerkbaus, Simone (keine Ahnung, ich kann mir nicht alles merken) und Otto, der nie redet (lebenserfahren der Mann, warum reden, wenn so viele Damen anwesend sind?). Oh Wunder, Berufstätige fehlen. Üben wahrscheinlich für die Aufnahmeprüfung der Sängerlust. Gisela eröffnet den Abend („Ich begrüße euch") und verrät welche Strecke sie sich ausgesucht hat. Heute geht's zum Fuchsberg, dann am Naheliegenden Kriegerdenkmal vorbei, runter zur Dachshöhle und dann vorbei an Kleinsanssouci (Rathaus, Copyright Isidor) zurück. Streckenlänge 6.322 Schritte à 65 cm. Ergibt nach Aussage meines Taschenrechners ziemlich genau 4,1 km. Zeitdauer zwei Stunden. Na ja. Aber sind ja auch Steigungen dabei. Ich glaube, so ungefähr 35 Höhenmeter.

Ich sag nix, bin ja neu. Wandern à la Monzingen. Schaff ich noch.

Aber ich lerne viel. Gisela ist jetzt „Chefin", weil Rosalinde irgendwann der Kragen platzt, wenn Gisela immer fragt ‚seid ihr einverstan-

40

den?'. „Frag nich so viel! Du bist die Chefin!"
Otto fängt an zu sprudeln als ich ihm sage,
dass er wohl nie redet. Helga züchtet Paprika,
glaubt aber, es seien Peperoni. Gisela, die
möchte, dass ich Mitglied werde in ihrem Verkehrsverein werde, fragt Daisy, welchen Nutzen
ich denn hätte, wenn ich Mitglied werde. Daisy
antwortet sofort und ehrlich: „Keinen!"

Naheliegend. Ich bleibe Vereinsfremdkörper.

GARTENFREUNDE

Nach der ersten „Mittwochswanderung" (abends und trotzdem ohne Berufstätige) erreicht mich über die von Gisela einge-
richtete Gruppe auf einem mittlerweile gar
nicht mehr so neuartigen Kommunikationska-
nal für mobile Telefone die Frage, ob jemand
Interesse an einem Gartengrundstück habe. Die
von mir erworbene Hütte ist gartenlos und hat
nur einen nach Nordosten gerichteten kleinen
Hof, der praktisch nie Sonnenlicht sieht. Also
beschließe ich, einmal vorsichtiges Interesse zu

bekunden. Zur Disposition steht wohl ein kleines Gartengrundstück am dörflichen Gaulsbach. Ich funke Gisela an, um mir das einmal anzusehen.

Gisela ist überschnell, beschreibt mir den Weg und zehn Minuten später stehe ich mit ihr vor dem Garten. Rasen, Grillplatz, Holzhütte, Geräteschuppen, Toilettenhäuschen und Teich. Alles direkt am Bachlauf und ungefähr dreieinhalb Gehminuten von Onkel Toms Hütte entfernt. Hat was. „Und? Kostet?", will ich wissen. Gisela, die sonst alles weiß, hat keine Ahnung, verrät mir aber den Namen und Telefonnummer der Eigentümer. Wenig später erfahre ich, dass bislang ein junges Paar den Garten gepachtet hatte, sich aber beim Unkrautzupfen wohl verkracht und daher beschlossen hat, künftig lästige Pflänzchen getrennt voneinander an unterschiedlichen Orten aus der Erde zu ziehen. Gartenhäuschen muss von den Vorpächtern erworben werden. Preis ist den Eigentümern nicht bekannt, soll sich aber in überschaubarem Rahmen bewegen. Pachthöhe? „Keine Ahnung, muss ich mal mit meinem Mann drüber reden," sagt die liebenswürdige ältere Dame. Kurzentschlossen rufe ich die bisherige Pächterin an, um mit ihr in Verhandlungen über das Gartenhaus einzutreten. Sie verrät mir, wieviel sie selbst investiert hat und dass sie sehr hofft, diesen Betrag auch wieder zu erhalten. Wir einigen uns auf den Gegenwert von vier Stangen Glimmstängeln. Ein paar Tage später erhalte ich die Schlüssel begleitet von der Aussage, dass eine Pachtvorstellung immer noch nicht existiert, weil das charmante ältere Paar schon froh ist, überhaupt jemanden gefunden zu haben, der bereit ist sich um den Garten zu kümmern. Ok, das Geschäft kann man machen, denke ich mir aus Naheliegenden Gründen.

Der Garten liegt unmittelbar neben Giselas Garten. Die Dinge nehmen ihren Lauf. Gisela, die mich zum Wandern akquiriert hat, ist jetzt meine Gartennachbarin. Sie verfügt auch über einen alten Benzinrasenmäher, den sie nicht benutzen kann, weil sie mit dem Startseilzug nicht zurecht kommt und deshalb nach dem Tod ihres Gatten auf einen Elektromäher umgestiegen ist. Sie bietet mir an, den alten Benzinmäher auszuprobieren. Dreimal kräftig gezogen, das Ding springt an und mäht. Sie leiht mir den Mäher bis auf weiteres aus. Im Gegenzug mähe ich in ihrem Garten die Restfläche, die den Akku ihres Elektromähers überfordert (der Trend geht zum Zweitakku). Naheliegend irgendwie, aber das muss einem auch einfallen.

Wenige Tage später bin ich plötzlich Mitglied der whatsapp-Gruppe ‚Gartenfreunde'. Mitglieder sind Gisela, ein Ehepaar, deren Garten jenseits des Ganges (nein, das ist nicht Hinterindien) liegt, das ich aber noch nie gesehen habe, sowie Franz und Verona, die einen kleinen, aber gepflegten Gemüsegarten hinter Giselas Zweitwohnsitz haben.

Die neue Gartenfreundschaft muß entwickelt werden. Also fragt Gisela mal per whatsapp in der Gruppe an, ob wir uns nicht am Samstag ganz zwanglos auf ihrer Wiese treffen sollen. „Jeder bringt sein Glas, sein Getränk und sein Knabberzeug mit." Ich sage sofort zu, erkundige mich nur noch nach der Uhrzeit. Gisela schlägt 14 Uhr vor. Ok, schreibe ich. Das war einfach.

Aber dabei bleibt es nicht.
Neues whatsapp: „Wir könnten auch auf 16 Uhr verschieben, wenn dir 14 Uhr zu früh ist." - „Nö, ist ok."
Es geht weiter: „Wenn 16 Uhr auch nicht geht, können wir auch 15 Uhr machen." - „Nö, jederzeit ok für mich."
Es folgt: „Franz hat noch nicht geantwortet. Sollen wir uns dann trotzdem treffen, wenn die beiden nicht können. Oder soll wir verschie-

ben?" - „Wir treffen uns wie besprochen am Samstag um 14 Uhr."
Und noch eins: „Kommst du zu Fuß oder mit dem Auto?" - „Zu Fuß."

Mann, was geht hier ab? So schwer ist doch so ein Treffen nicht, denke ich gerade als das Handy erneut summt.

„Soll ich Kuchen mitbringen?" - „Nö, jeder bringt ja sein Essen mit, aber wenn du Kuchen haben willst, dann bitte".
Es geht weiter: „Magst du Tomatenbrotsalat?" - „Kenne ich nicht, jeder bringt doch sein Essen selbst mit."
„Der schmeckt gut. Soll ich dir eine Kostprobe mitbringen? Oder willst du lieber grillen? Dann müsstest du aber dein Grillzeug selber mitbringen. Grill ist da, aber im Häuschen neben dem Grill wohnen jetzt Wespen." - „Nein, danke. Ich will nicht grillen."
„Du hast nicht gesagt, ob du Tomatenbrotsalat haben willst. Willst du?" - „Jeder bringt doch sein Essen selbst mit, dachte ich."
„Kannst ja mal probieren. Bringst du Besteck mit oder soll ich das machen?" - „Ich brauche für mein Essen kein Besteck, habe nur Knabberzeug."

„Wenn du Tomatenbrotsalat probieren willst, brauchst du Besteck. Soll ich das mitbringen?"

Ich mache jetzt erst mal Pause, denke ich mir, sonst sitze ich bis Samstag Tag und Nacht am Handy. Also keine Antwort.

Nach 10 Minuten knurrt mein mobiles Endgerät wieder:
„Falls es am Samstag regnen sollte, sollen wir dann auf Sonntag verschieben oder einfach Schirme mitnehmen?" - Der Blick auf den Wetterbericht verrät, dass es am Samstag sonnig wird. Antwort abgelehnt.

Dann: „Wenn du deine Rieslingschorle kalt trinken willst, bringst du dann auch eine Kühltasche mit?" - Ich will nicht so unhöflich sein, also antworte ich mal wieder: „Kann ich machen."
Darauf: „Wenn Du nicht genug Kühlakkus hast für den ganzen Nachmittag, könnte ich noch welche mitbringen. Soll ich das tun? - „Nö, danke, habe genug Akkus."

Ich muss plötzlich an Loriot denken. ‚Ich will einfach nur hier sitzen.' Komisch, warum fällt mir das jetzt ein? Es wird doch nur ein ganz zwangloses Gartentreffen.

Es ist noch etwas offen: „Wenn wir uns um 14 Uhr treffen, machen wir dann nur Kaffee und Schorle oder open end?" - „Ganz zwanglos einfach." Ob das als Antwort reichen wird?

Nein: „Wir könnten ja auch noch Dämmerungsschoppen unterm Mondschein …… bin da ganz flexibel". - „Wir haben Neumond!"

Wider Erwarten wird es dann 23.487 Nachrichten später, deren Inhalt ich verdrängen musste, doch noch Samstag. Um 14 Uhr sind Gisela und ich in ihrem Garten. Wir holen Tisch und Stühle aus ihrer Hütte. Gisela hat es tatsächlich ganz zwanglos vorbereitet: Bollerwagen mit Sitzkissen, Riesling, Sekt, Mineralwasser, Tomatenbrotsalat, Geschirr und Besteck für vier Personen, Gläser, Kräuterquark, Crissinis, Butter, kleine selbstgebackene Brote, Käse, Trinknapf für den Hund, Hundefutter (von dem sich später die Ratten auch ein wenig holen), drei verschiedene Kuchen. Da ja alles ganz zwanglos ist, behauptet Gisela bescheiden, dass sie nur Reste mitgebracht habe. Der Kuchen ist frisch, die kleinen Brote noch warm. Reste?? Tolle Geschichte.

Franz und Verona kommen irgendwann auch noch. Jeder von ihnen hat wie ich etwas zu trinken mit und sein eigenes Essen. Wir müssen irgendetwas an dem Wort zwanglos falsch verstanden haben.

Es ist ein sehr schöner und lustiger Nachmittag. Aber das war ja dank der gründlichen Vorbereitung auch irgendwie Naheliegend. Details der Gartenereignisse kann ich leider nicht preisgeben. Was im Garten passiert, das bleibt bekanntlich auch im Garten. Den mir nicht verborgen gebliebenen Monzinger Spekulationen sei an dieser Stelle aller erdenklicher Spielraum gegeben. Vielleicht kommt ja jemand auf etwas Naheliegendes.

VANDALISMUS UND BIENCHEN

Bisher dachte ich immer, Monzingen sei eine sichere, von Respekt und Vertrauen geprägte Gegend. Das hat sich heute grundsätzlich geändert. Gisela alarmiert mich. In ihrem Gartengrundstück ist der pure Vandalismus ausgebrochen. Ich solle doch bitte mal auch in meinem Garten nach dem Rechten sehen.

Bis heute weiß niemand, wie der Schaden entstand. Was ist passiert?

Franz war im Garten und hat entdeckt, dass das Tor zum Gaulsbach in Giselas Garten zerstört wurde. Zunächst besteht der Verdacht, es könne ein Reh gewesen sein. Ich begutachte meinen Garten. Es fehlt ein Kescher für den kleinen Teich. Im Wasser liegt ein grosser Klotz Brennholz und es schwimmen fünf Zigarettenkippen. Wenn ich davon ausgehe, dass auch in Monzingen Rehe nicht rauchen, dann scheiden die Tiere des Waldes daher als Verursacher aus. Ich fische die Kippen aus dem Wasser, besorge mir einen neuen Kescher in der als Baumarkt getarnten Apotheke im Nachbarort, angle das Treibgut ebenfalls aus dem Tümpel und beschließe, dass es der dumme Jungenstreich eines Teenagers war, der beim heimlichen Liebestreffen hinter der Gartenlaube seiner Holden imponieren musste. Erledigt.

Giselas Gedanken laufen offensichtlich sehr nachhaltig und unruhig in ganz andere Richtungen. Sie schläft nachts nicht mehr! Und wenn, dann träumt sie von Einbrechern und hört diese auch in ihrem Gebälk umhertrippeln (könnte aber auch ein Nager sein, denn es steigt kein Rauch auf). Tagelang lässt ihr der

Vorgang keine Ruhe. Nun muss man auch wissen, dass Gisela die gute und fleissige Kraft eines örtlichen Informations- und Nachrichtendienstes ist („Monzingen Intelligence Department" - man gab sich bewusst einen englischen Namen, denn es sind regelmäßig Touristen aus Übersee im Ort) und schon allein aus dieser Funktion heraus stets sehr interessiert ist. Es ist schließlich auch ihre Aufgabe, bei Befragungen aller Art detaillierte und zutreffende Auskünfte geben zu können. Ungeklärte Kriminalfälle sollten da bitte nicht vorkommen.

Also schaltet Gisela den befreundeten Entdecker Franz noch einmal ein, um die Spurensicherung zu intensivieren. Leider führt das trotz umfangreichster Bemühungen noch nicht zu dem gewünschten Erfolg. Dann bleibt nichts anderes übrig als die bekannten Fakten zu analysieren und eine Theorie zum Tathergang aufzustellen. Fakt 1 ist, dass das Tor von aussen, also von der Bachseite her, aufgedrückt wurde. Fakt 2 ist, dass der Täter dazu nicht allzu viel Kraft aufwenden musste. Diese Tatsache ist interessant! Denn dann kann es sich ja auch eine Täterin handeln. Aber wer könnte das sein? Gisela fällt kein Name ein. Aber sie hat eine Vermutung oder Ahnung oder Ähnliches. Um die wiederum zu erhärten schreibt sie mir, dass sie nun sicher ist, dass ein weibliches Wesen für den Frevel verantwortlich sein muss. Und es sei doch sehr wahrscheinlich, dass da Eifersucht im Spiel ist. Ich möge doch bitte einmal intensiv darüber nachdenken, wer auf Gisela eifersüchtig sein könnte. Und - fügt sie hinzu - sie habe ihre These auch mit dem pensionierten Kriminalkommissar bei der letzten Mittwochswanderung besprochen. Er sagt, dass könne sehr gut sein und der Thomas möge doch einmal darüber nachdenken „welche Bienchen ihn umschwirren".

Ich bin einigermaßen fassungslos und ringe nach Luft. Da mich keine Bienchen umschwirren, fällt mir auch kein Name ein. Aber ich denke über die Anschaffung eines Bienenstocks nach, damit mich bald jemand umschwirrt.

Naheliegend.

Onkel Toms Hütte hat drei Etagen. Auf jeder Ebene steht jetzt ein neuer Holzofen, weil der supernette aber beharrliche Schornsteinfegermeister darauf besteht, dass die alten Öfen ausgetauscht werden (deutsche Regelungswut, siehe oben). Wer Öfen hat, braucht auch Holz. Nach meinem Einzug bestelle ich erst einmal drei Raummeter bei einem lokalen Lieferanten. So weit so gut.

Im Jahr darauf beschliessen Marius, mein freundlicher Helfer, mein ebenso hilfsbereiter Bruder und ich, dass wir gemeinsam einen Schlag bearbeiten, den Marius in einem nicht weit gelegenen Wald zugeteilt bekam. Das war recht erfolgreich, aber anstrengend. Das Holz war schon gut getrocknet, und es kam auch nie eine Rechnung.

Im Folgejahr ließ sich das leider so nicht wiederholen. Aber man liest ja aufmerksam das Amtsblatt und folgt auch den dortigen Aufrufen der Obrigkeiten. Folglich mache ich einen Sägeschein und beantrage ein Flächenlos, das mir auch zugeteilt wird.

An einem frostig-schönen Tag im Februar sägen, reissen und stapeln mein genialer Bruder und ich Eichen- und Buchenholz. Dann fährt ein beispielhaft geländegängiges Quad vor und hält bei uns an. Hinten am Quad hängt ein mit Baumarktplane versehener Hänger. Holztransport mit dem Quad! Habe ich auch noch nicht gesehen. Der Fahrer nimmt seinen Helm ab und fragt freundlich, aber bestimmt:

„Darf ich mal fragen, was ihr beide in meinem Schlag macht?!"

„Dein Schlag? Schau mal da vorn auf die Eiche. Da steht ‚Rittershaus'. Und an der Buche da links steht auch ‚Rittershaus'. Und das bin ich. Also mein Schlag, der mir vom Forstamt zugeteilt wurde", kläre ich ihn auf.

„Schön. Und da vorn an der Eiche steht ‚17'. Und das ist das Los, das ich vor drei Jahren bekam. Ich brauche auch immer sechs Jahre, bis ich fertig bin", sagt Quadlenker Fritzi.

Die Eiche 17 steht ziemlich genau zwischen den „Rittershausbäumen". Da hat der Förster das Los dann wohl zweimal verkauft, der Fuchs.

Klärungsversuch per Telefon mit dem Förster scheitert leider. Er nimmt nicht ab. Wir suchen gemeinsam nach einer Lösung bis der Förster eine Entscheidung getroffen hat. Und wie sich das für freundliche Waldarbeiter gehört, einigen wir uns auch schnell. Holz ist genug da. Fritzi fährt mit seinem Quad nach unten in den Wald und die Brüder kämpfen sich oben nahe am Waldweg durch.

Mit Fritzi kommen wir nach dieser problemlosen Verständigung schnell ins Gespräch. Er macht sein Holz allein (ich weiss, das darf man nicht, wahrer Name ist daher auch nicht Fritzi, ich bin ja keine Petze) und macht jedes Jahr nur so viel wie er für einen Winter braucht. Das sind dann ziemlich genau drei Baumarkthänger. Und wie kommt man auf die Idee, mit einem Quad in den Wald zu fahren? Fritzi ist sehr auskunftsfreudig. Ich lerne, dass er Professor für Latein und Griechisch (ja, so was gibt es noch!) an einer bekannten Universität ist, ein Mehrgenerationenhaus bewohnt, keinen geländegängigen PKW hat, aber ausser seinem Waldquad noch 14 Motorräder, von denen eins im Wohnzimmer vor dem Bücherregal steht, weil in der Garage einfach kein Platz mehr ist. Er will daher ein Motorrad verkaufen, um seiner Frau im Sommer wieder den Zugang zum Bücherregal zu ermöglichen.

Kommt mir alles irgendwie vor wie bei Grimms Märchen, aber Fritzi meint das ernst. Als alter

Motorradfahrer, der seine Karre vor zwei Jahren verkauft hat, weil ich dauernd segeln war, erkundige ich mich, was genau er dann verkaufen will. Es ist eine ältere R1, die auch nur wenig teurer ist als der bekannte Apfel und Ei. R1, denke ich. Also eine BMW. Ich bin interessiert, denn schließlich habe ich jetzt die schönsten Motorradstrecken direkt vor der Haustür und hatte den Verkauf meiner schönen roten BMW GS Adventure schon mehrfach bereut.

Fritzi verrät mir seine Telefonnummer und Mailadresse. Wir vereinbaren kurz darauf einen Termin und ich nehme die R1 in Augenschein. BMW R1 kam mir schon vorher komisch vor und ich habe recht. Die R1 ist eine hochgezüchtete Yamaha Rennsemmel mit über 140 PS. Ich setze mich mal drauf und komme mir mit meinen 194 Zentimetern Körpergröße schnell vor wie der Clown auf dem Zirkusmoped. Und so ein giftiges Ding will ich auch nicht. Also schaue ich mich mal in Fritzis Maschinenpark um und deute auf eine Yamaha 900 XJS Diversion. Was ist denn damit? Fritzi klärt mich auf: Super zuverlässiges Motorrad, steht leider nicht zum Verkauf, gibt es aber bei Ebay öfter mal für kleines Geld. Ich könne ja mal gucken. Das verspreche ich, fahre nach Hause und vergesse es.

Drei Tage später kommt ein Mail von Fritzi. Im Anhang zwei Ebay Anzeigen mit 900er Yamahas. Beide sind günstig und haben nicht mehr als 80.000 km auf dem Tacho. Eine steht in Pirmasens und die andere in Ravengiersburg. Nie gehört, kann aber nach der Postleitzahl nicht so weit sein. 17 km verrät mir google maps. Ich schreibe ein eMail. Kurz darauf Terminabsprache, Probefahrt, neuer TÜV (ohne Mängel), Kaufvertrag, anmelden, abholen. Fritzi informieren.

Er kommt, begutachtet die Kiste (wieder rot, so soll es sein!), moniert das Lenkkopflager und den Reifendruck. „Zieh mal deinen Helm auf und fahr mir nach", sagt er. Ok. Wir fahren erst an die Tankstelle. Fritzi (nicht ich) korrigiert den Reifendruck, dann geht es zu ihm nach Hause. Fritzi fragt nur, ob ich einen Kaffee trinken möchte während er das Lenkkopflager justiert. Das geht so schnell, dass er dann noch Zeit findet, einen kleinen, aber wohl sehr hässlichen Fleck auf dem verchromten Auspuff mit seiner Spezialpolierpaste zu entfernen.

Es ist einfach unglaublich! Du willst Holz machen und alles führt geradlinig zu einem Motorrad inklusive Schrauber!

Was für ein netter Mensch! Den muss man einfach mögen. Naheliegend.

MAUERSPECHT

Die an der Straße gelegene Nordseite von Onkel Toms Hütte fällt mir schon bei der ersten Besichtigung auf. Nicht, weil sie besonders schön ist, sondern weil sie Feuchtigkeitsflecken im ehemals weißen Putz aufweist. Da muss man doch mal gucken.

Hammer und Meissel raus und los geht's. Der Putz bröckelt fast schon ab als ich den Hammer nur vor die Mauer halte. Das scheint nicht feucht zu sein, sondern schlicht nass. Oh je, es riecht nach Großprojekt. Ich klopfe die schadhaften Stellen auf. Noch links etwas weg. Ich nähere mich dem rechten Fenster und dann wird das Dilemma richtig sichtbar. Das, was heute ein Fenster ist, war offensichtlich früher einmal eine Tür. Das Fenster ist nicht ringsum mit Balken versehen, über die irgend jemand vor Jahren eine billige Baumarktblende gemacht hat, sondern die seitlichen senkrechten Balken gehen offensichtlich bis auf den Boden. Es muss also vor Jahren jemand beschlossen haben, die Haustür zu verlegen, und hier ein Fenster einzusetzen. Leider muss ich beim weiteren Aufklopfen feststellen, dass die ehemaligen Eichentürbalken sich hinter dem Putz im Laufe der Jahre förmlich aufgelöst haben! Die Eichenkrümel, die ich mit blossen Fingern zwischen den Sandsteinen aus der Mauer herauslösen kann, sind so feucht und bröselig wie ein Streusselkuchenteig. Da ist sie also: Die grosse Überraschung, die du erlebst, wenn du meinst, es sei eine gute Idee eine alte Hütte zu kaufen.

Pause. Tasse Kaffee und Fluppe. Hinsetzen, beobachten, was dein Körper mit dieser Erkenntnis macht. Ich spüre, dass der Body jault und ein starkes Fluchtbedürfnis entwickelt. Oder zumindest nicht mehr hingucken. Es ist eine Katastrophe! Der imaginäre Affe auf meiner Schulter lacht sich kaputt und sagt mir breit grinsend ins Ohr: „Das schaffst du nie!" Und dann kommt sofort der Gedanke, dass der blöde Primat auch noch recht hat.

Hilft ja alles nichts. Blutdruck senken, Affe einsperren (ich würde ihn lieber beim Zoo abgeben, dann wäre er weg!), Ärmel hoch und dann einfach Stück für Stück anfangen. Akzeptieren, was ist. Analysieren, planen und dann einfach starten. Irgendwann wird es fertig sein. Ich erinnere mich an den alten Leiter der Innenrevision der Bank, in der ich früher einer Tätigkeit nachging, die ich nie machen wollte. Der Revisor sagte nach seiner vernichtenden Analyse nur: „Ein Kohlenhaufen kommt nur dann in den Keller, wenn man anfängt. Eine Schippe nach der anderen." Stimmt. Vermutlich wurde so die Ölheizung erfunden.

Schritt eins ist, das Fenster in der Mitte des Haus rundherum freizulegen, die Reste der Eichenbalken entfernen. Unten geht das schnell. Die Feuchtigkeit des Holzes endet aber in einer Höhe von etwa 30 cm unterhalb der Fensterbank. Fensterbank ist auch leicht übertrieben. Es handelt sich um ein billiges Fichtenbrett, das auf noch billigeren Gasbetonsteinen liegt. Und die darf ich auch nicht scharf angucken, sonst fallen sie wahrscheinlich raus und das gesamte Fenster springt vielleicht sofort hinterher. Nur schwer kann ich die in mir aufsteigende Übelkeit im Zaum halten. Der Affe grinst wieder und sagt „kotz doch!". „Schnauze, Fury!"

Meine Analyse ergibt, dass ich ja zu die Seitenbalken so weit nach oben entfernen muss, bis ich unterhalb des Fensters einen neuen Balken einsetzen kann. Problem dieser banalen Erkenntnis ist, dass die Eichenbalken dummerweise nicht hoch genug durchfeuchtet sind. Oben bleiben auf beiden Seiten ungefähr 30 cm, die abgesägt werden müssen. Und das geht aufgrund der Enge zwischen den Sandsteinen nur mit einem Multitool. Zur Nachahmung unbedingt empfohlen, wenn du erleben willst, wie hart Eiche ist, wenn sie deutlich über 100 Jahre alt ist. Ich brauche über zwei Wochen, um mit dem Multitool einen ganzen Umzugskarton voller kleiner Eichenholzwürfel zu produzieren bis ich eine Höhe erreicht habe, auf der ich den neuen Balken unterhalb des Fensters einbauen kann.

Holz ist teuer geworden durch Corona. Was mag ein Eichenbalken kosten, der etwa 150 cm lang und 15 mal 15 cm dick ist? Der Magen meldet sich wieder und der Affe auch. Mein Bruder hat eine Idee, auf die ich nie gekommen wäre. Selbst ist der Mann! In dem Holzschlag von Marius liegt noch eine Eiche, aus der wir den Balken selbst anfertigen können. Der Affe kann es nicht glauben, aber wir fahren guten Mutes in den Wald, sägen von einem Eichenstamm, Durchmesser 35 cm, ein 180 cm langes Stück ab, wuchten es in den kleinen Transporter und rücken dem Ding vor der Scheune mit der Kettensäge zu Leibe. Übrig bleibt ein rustikal aussehender Balken aus Eichenkernholz. Ich gebe gern zu: Das macht stolz!

Im weiteren Verlauf der Freilegearbeiten taucht dann unterhalb des Fensters noch ein ehemals metallenes Abwasserrohr (Küchenabfluss) auf, das in wenigen Wochen auch als Sieb funktionieren könnte. Das sollte vielleicht auch noch raus. „Kannst du nicht!", lästert mein Affe. Stimmt.

Ich gehe dann mal duschen und dann zu Ahmet. Ich habe Hunger. Bei Ahmet treffe ich Majestix, der wissen will, wie es mir geht. Danke der Nachfrage. „Affenartiges Gefühl, diese Mauer", gebe ich zur Antwort. Mir fällt wieder ein, dass ich Majestix irgendwann mal gefragt hatte, ob er einen Fachmann kennt, der mir erklären kann, wie man eine Sandsteinmauer saniert. Damals versprach er, mich mit einem pensionierten Steinmetz bekannt zu machen.

Hat er vergessen. Aber unser Majestix kümmert sich. Handy raus und zwischen Altbier und Schnaps telefoniert er mit Kornelius und fragt ihn, ob er morgen am Vormittag mal ins Wasserloch gehen könne. Da werkelt ein Neubürger an seiner Mauer rum. „Der Typ ist in Ordnung und braucht mal deinen Rat", heuchelt und bittet er. Am nächsten Tag steht Kornelius pünktlich um zehn Uhr vor mir. Erste Amtshandlung: Das Abflussrohr muss raus. Er kennt da einen. Kleiner Spaziergang um die Ecke, kurzes Gespräch. Drei Tage später ist das alte Rohr weg und ein schönes neues HT-Rohr läuft von der Küche zur Strasse ins dörfliche Abwasserrohr. Split zum Verfüllen hat der gute Mensch auch. Kosten? Lächerlich. Ich erzähle meinem frechen Primaten, dass das Leben in Monzingen richtig schön ist und er sich an der Hilfsbereitschaft dieser Menschen mal ein Beispiel nehmen könne anstatt immer nur destruktiv rumzulabern.

Kornelius ist einfach super! Er besorgt mir leihweise verschiedene Kompressormeissel, mit denen ich die Putzreste zwar mühsam, aber vollständig von den Sandsteinen entfernen kann. Er verspricht mir Mithilfe, wenn es an das Einsetzen neuer Sandsteine geht.

In den folgenden Wochen wird der komplette Putz an der Nordseite entfernt. Ich bin meinem fleissigen Sohn sehr dankbar, dass er mir letztes Jahr drei Tage Unterstützung zum Geburtstag geschenkt hat und das jetzt einlöst. Und weil es gerade so gut läuft, freue ich mich auch über Isidors Erlaubnis, den abgeschlagenen Putz nicht für horrende Summen in einen Entsorgungscontainer, sondern in das grosse Loch in seinem Garten kippen zu dürfen, zumal da die Steinreste seiner Baustelle ohnehin schon lagern, um das Loch zu verfüllen über dem mal die Scheune stand.

Irgendwie nimmt das Arbeiten an der Mauer aber kein Ende. Mir ist sehr nach Pause. Kohlenhaufen, Schippe! Weisst du noch? Das ewige Gefummel mit den winzigen Putzflecken auf den Sandsteinen geht mir gewaltig auf den Wecker. Das muss doch auch einfacher und schneller gehen. Ich schraube eine große grobe Drahtbürste auf die Flex und rücke den Flecken damit auf ihre hartnäckigen Krusten. Das funktioniert zwar, aber nicht so schnell wie ich mir vorstelle. Also erhöhe ich den Druck. Nicht gut. Die Drahtbürste will stehen bleiben, die Flex rotiert aber weiter und fliegt mir aus der Hand. Na ja, nicht so richtig. Die grobe Drahtbürste bearbeitet beim Wegfliegen meine Finger! Aua!

Die Finger sind zwar alle noch dran, haben aber tiefe Löcher und bluten wie beim Schlachtfest. Merke: Mit einer Flex arbeitet man nicht ohne Handschuhe. Und zweitens: Wenn dir nach Pause ist, dann mach doch eine. Schönen Gruß vom Affen!

Sandsteine besorge ich mir über Ebay und aus Resten, die nette Menschen im Wald und in Weinbergen abgelegt haben. Die Hinterachse meines Autos hält das Gott sei Dank auch aus. Ich habe übrigens schon lange nichts mehr von dem Affen gehört. Was hat der?

Jetzt geht es ans Eingemachte. Die neuen Sandsteine müssen rein. Kornelius kommt wieder. Er zeigt mir, wie man mit Flex, Meissel und Hammer die Steine so in Form bringt, dass sie die Löcher füllen. „Junger Mann, rühren Sie mal den Mörtel an", ordnet er an. Ich kann ja schließlich auch mal was tun. „Viel zu dünn!" Ich gebe noch „Pulver" hinzu und versuche mir die Mischung zu merken, damit ich irgendwann auch selbständig handeln kann. Kurz darauf hat Kornelius die beiden ersten Steine gesetzt. In den folgenden Tagen (oder Wochen?) suche, klopfe, flexe ich täglich Steine, mische Mörtel und übe mich in dem strengen Kontrollblick von Kornelius, denn der kommt ja abends immer, um den Baufortschritt zu begutachten. Der Affe hat Urlaub - Gott sei Dank, alte Nervensäge.

Die Bims- oder Gasbetonsteine unter dem Fenster sind raus und das Fenster ist nicht abgestürzt. Geil, es geht auch mal was gut! Den selbstgeschnitzten Balken setzt mir derselbe Schreiner ein, der auch die Haustür gezaubert hat und macht noch neue Verblendungen um die Fenster nachdem ich sämtliche Balken mühsam mit der Flex (ja, ich trage jetzt Handschuhe!) von den altrosafarbenen Lackresten befreit habe. Der Schreiner meinte allerdings, ich könne doch noch die Glasbausteine auf der rechten Hausseite entfernen (da war wohl auch mal eine Tür drin). Ich denke darüber nach und halte den Affen im Zaum, der wieder zurück ist. Die Baustelle scheint jeden Tag größer zu werden. Also gut. Es soll ja ansehnlich werden und Glasbausteine gehören auch nicht zu den Dingen, die ich immer schon mal haben wollte.

Eine Woche später sind die hässlichen Dinger weg. Innen ist jetzt eine Mauer aus Ytongsteinen hochgezogen, Styrodur als Wärmedämmung angebracht und ich brauche neue Sandsteine, um das ziemlich große Loch zu stopfen.

Die Hinterachse hält den Transport wieder aus. Am oberen Ende es Glasbausteinlochs angekommen müssen nur noch zwei größere Steine rein, die ungefähr das Gewicht von zwei Bierkästen haben. Kornelius hilft mir als ich auf der Leiter stehe, um in luftiger Höhe die Brocken da irgendwie reinzukriegen. Geschafft! Aber was ist das? Kornelius sagt: „Ist doch drin, kannst runterkommen." Das Problem ist nur, dass ich nicht weiß, wie ich das schaffen soll. Beim Hochheben und Platzieren der Steine habe ich meinen Rücken, der sechs Monate vorher an der Lendenwirbelsäule operiert wurde, so geschickt verdreht/überlastet/gequält, dass ich mich keinen Zentimeter mehr bewegen kann. Tief durchatmen. Mental auf der fünften Leitersprosse entspannen. Ausatmen. Wenigstens der Affe hält's Maul. Warum guckt Kornelius so hilflos? Der weiß doch sonst immer alles. Nach einer gefühlten Dreiviertelstunde geben die Lendenwirbel auf und machen sich bereit für meinen Abstieg. Hinsetzen. Ausruhen. Aufräumen. Feierabend.

Am Montag klingelt Kornelius kurz nach Sonnenaufgang um mich mit der Botschaft zu beglücken, dass wir heute anfangen werden, die Mauer zu verfugen. Aha, wusste ich noch gar nicht. Der Affe verleiht seiner Freude durch heftiges Kichern genüsslich Ausdruck. „Junger Mann, rühren Sie mal an!", kommandiert Kornelius. „Jawoll". Der Affe sagt, ich hätte ja auch weiter zur Miete wohnen können. Klugscheißer! Halt die Klappe! Ich rühre an und Kornelius demonstriert mir, wie er sich die Fugen vorstellt. Tief reindrücken. Richtig voll machen. Ränder müssen sauber sein. Antrocknen lassen. Dann wieder aufrauen, abfegen und mit Sprühflasche morgens und abends wieder anfeuchten, damit sich keine Risse bilden. „So machst du das," sagt er und vergisst nicht hinzuzufügen, dass er abends immer mit dem Hund vorbeikommt und sich das Ergebnis ansieht. Jetzt droht er mir auch noch. Der Affe findet das notwendig und daher angemessen. „Geht klar", sage ich ganz lässig und schätze im Geiste die Gesamtstrecke der Fugen auf ungefähr 397 Meter. Habe ich eigentlich noch etwas anderes vor in den mir verbleibenden Tagen meines Lebens?

Am Donnerstagvormittag ist Majestix auf Streife (Ja, mir san mim Rad'l da…). Sein fachmännischer Blick betrachtet die Mauer und den Fugendepp, der an der Wand auf der Leiter steht. „Darf ich davon ein Foto machen? Sieht ja klasse aus." Er darf. Das Foto steht abends auf der Internetseite der Gemeinde. Darunter steht, dass ein Neubürger sein Häuschen saniert und damit einen willkommenen Beitrag zur Verschönerung des Dorfs leistet. Fühlt sich gut an.

Nach vier Monaten Ausdauersport ist die Mauer fertig und gefällt mir. Der beste Moment ist eben doch immer, wenn du am Ende eines Tages auf dein Werk schauen kannst.

Ich bedanke mich sehr herzlich bei Majestix, dem Engel, der mir Kornelius geschickt hat. Ich bedanke mich sehr herzlich bei Kornelius, dem strengen, aber besten Steinmetzlehrherrn, den ich je hatte. Ich möchte auch nicht vergessen zu erzählen, dass Kornelius ein so herzensguter Mensch ist, dass er weder Geld noch eine Essenseinladung für seine Paradeunterstützung annehmen wollte. Ganze zwei Stubbies wollte er mit mir trinken! Unfassbar. Und ich bedanke mich bei meinen Nachbarn, die ohne ein Wort der Klage über viele Wochen Kompressorlärm, die kreischende Flex und viele Nebelwolken aus Sandsteinstaub ertragen haben und mich mit ihren Komplimenten immer wieder motiviert haben. Der Affe war jedesmal sauer, wenn er das gehört hat.

Naheliegend.

Kennen Sie das? Reden zwei Menschen miteinander. Sagt der eine: „Ich habe recht!". „Nein,"
sagt der andere, „ich habe recht!" „Nein,
ich!" „Nein, ich!" Irgendwo habe ich mal gele-
sen oder gehört, dass angeblich 90 Prozent aller menschlichen Gespräche nach diesem Muster ablaufen sollen. Ich habe es nicht nachge-
zählt. Könnte aber vielleicht hinkommen.

Monzinger Bürger sind fleissig und hilfsbereit
(siehe oben). Und Monzinger sind menschlich.

Drei Monzinger Damen und ein Herr, nennen
wir sie mal Adele, Berta, Charlotte und Dietmar, setzen sich das Ziel, die Monzinger Geschichte, die Monzinger Gebäude, wichtige Er-
eignisse, Zusammenhänge und was weiß ich
noch in einem Buch zusammen zu tragen. Sie
machen sich ans Werk. Sie recherchieren, kra-
men, suchen, schreiben, finden Bilder, stürmen
Archive in monatelanger Akribie, befragen
Zeitzeugen, notieren, verfassen, lesen nach,
korrigieren und haben am Ende wohl einen
Berg an Wissen und Informationen angehäuft,
den es bisher in dieser Form noch nicht gibt.

Das bleibt natürlich nicht geheim und findet viel Zuspruch und Ermunterung. Sie finden auch einen Verlag, der den Druck des Werks übernehmen will. Ein Preis wird ausgehandelt. Die Kosten sind recht hoch. Es entsteht die Idee, das ganze Unternehmen mit öffentlichen Mitteln fördern zu lassen. Also wird ein Antrag gestellt. Die Freude ist groß als der Antrag positiv beschieden wird und die Gelder auf dem Konto sind. Zusätzlich sind auch Monzinger Unternehmer gern bereit, das Buchprojekt mit Spenden zu unterstützen, damit es eines Tages Realität werden kann.

Dann ist es soweit. Alles ist fertig. Im Computer ist alles gespeichert. Was noch fehlt ist das Layout. Adele, Berta, Charlotte und Dietmar treffen sich zu Kaffee und selbstgemachten Kuchen, um den finalen Schritt zu besprechen.

Und dann bricht sich die Menschlichkeit in dieses Team ihren unbarmherzigen Weg……

Adele will den Text in gut leserlicher Form, damit es der Interessierte zur reflektierenden Unterhaltung gemütlich auf dem Sofa geniessen kann. Und hier und da immer ein paar Bilder oder Illustrationen zwischen den Absätzen, damit der Text durch die dazugehörigen Bilder ergänzt wird. Sie weiß genau, wer schon ein Buch bestellt hat. Sie kennt diese Menschen und kann sich bildlich vorstellen, mit welcher Freude auf welchem Sofa das Gelesene nacherlebt wird. So muss es sein. Adele freut sich sehr und verpackt im Geiste schon die ersten Bücher in Geschenkpapier. Und sie wird die ersten Exemplare auch persönlich ausliefern.

Berta ist diejenige, die monatelang den Staub unzähliger Archive eingeatmet hat. Die waren teilweise weit weg. Sie ist daher auch viele Kilometer gefahren, um alles genau zu analysieren, zu ordnen und ganz akkurat zu Papier zu bringen. Sie hat sich richtig viel Mühe gegeben, damit sich auch nicht der kleinste Irrtum einschleicht. Das Ergebnis kann sich sehen lassen: Tausende von Information, Zusammenhängen und alles chronologisch feinsäuberlich sortiert. Sachlicher geht es nicht und genau so will sie es auch realisieren. Es muss unbedingt ein Sachbuch sein.

Charlotte stochert in ihrem Bienenstich. Sie schaut aus dem Fenster und sieht draußen genau die gleichen dunklen Wolken, die sich gerade hier über dem Kaffeetisch auch zusammenbrauen. Sie ist die Computerexpertin, die das Buch für den Verlag in Form bringen soll, damit die Druckvorlage richtig ist und auch gut aussieht. Aber Charlotte hat gerade ein grosses Problem: Wenn sie nicht weiß, ob sie einen historischen Roman oder ein Sachbuch schreiben soll, dann kann sie auch nicht formatieren.

Es bricht eine endlose unerfreuliche Diskussion los. Roman! Geht gar nicht! Sachbuch! Nein! Doch! Und so weiter. Es folgen wirre Gedanken, Enttäuschungen, Angst, dass gegebene Versprechen nicht eingelöst werden können, Unverständnis über die sture Haltung der jeweiligen Gegenseite und schließlich bricht man die Gespräche ab. Es folgen Versuche, doch wieder ins Gespräch zu kommen. Wieder keine Einigung zu erzielen. Irgendwann gibt irgend jemand auf. Und eine andere Person ist plötzlich auch gar nicht mehr erreichbar, hat angeblich keine Zeit. Und dann fällt auch noch die Aussage: „Macht doch, was ihr wollt. Ich bin raus."

Die Fördergelder werden zurück gezahlt. Die anderen Spenden verschimmeln auf dem Bankkonto. Und die potentielle Leserschaft wartet oder verstirbt zwischenzeitlich.

So oder ähnlich könnte es gewesen sein. Das Buch jedenfalls existiert bis heute nicht. Meine

Gedanken, als ich von der Geschichte erfahre, sind: Das kann doch nicht wahr sein! So viel Arbeit. Und dann scheitert es an der Formatfrage und menschlicher Rechthaberei. Alle Beteiligten haben ihre guten Gründe. Aber die differieren eben erheblich.

Ich überlege, ob da nicht jemand helfen kann. Mediation oder so etwas. Hat es wohl auch schon gegeben. Aber der Vermittler hat auch aufgegeben oder auf Granit gebissen. Es riecht danach, dass es beim Vorhaben bleiben wird und das Buch nie entstehen wird. Bei allem Respekt und Verständnis für Menschlichkeit ist es im Ergebnis aber einfach nur sehr, sehr schade. Was bleibt, ist die Hoffnung, dass eines Tages quasi deus ex machina eine Idee vom Himmel fällt, die ermöglicht, dass die Vier wieder miteinander reden und einen Weg finden werden, ihr lohnenswertes Werk doch noch zu realisieren. Und ich frage mich, ob irgendwann in grauer Vorzeit durch vergleichbare Umstände die Form der mündlichen Überlieferung entstanden ist.

Nobody is perfect, auch Monzinger nicht. Aber aufgeben ist auch keine Option, finde ich. Männer haben ja bekanntlich immer für alles sofort eine Lösung. Hier ist sie: Möge das

Quartett doch bitte zwei Bände veröffentlichen. Einmal als Roman und einmal als Sachbuch.

Wäre doch Naheliegend, oder?

FASNACHT

Freitag. Wieder der letzte in diesem Monat. Bei Ahmet treffe ich meinen Lieblingsmajestix bei der Tagung mit seinen alten Kegelkumpels. Da morgen Nelkensamstag ist und für Veilchendienstag das traditionelle Heringsessen angesetzt ist, das von den Damen des Chors Sängerlust ausgerichtet wird, frage ich, was denn in Monzingen während der soziokulturellen Übereinkunft Fassenacht sonst noch so abgeht, oder ob es bei toten Fischen mit Grummbeere bleibt. Majestix schaut mich mit traurigen Augen an und schwärmt dann von alten Zeiten, in denen wohl noch mehr Leben im Naheliegenden Dorf war. Heutzutage, so gibt er zu, findet sich keiner mehr, der freche Liedchen singt oder sich in eine Bütte begibt. Ich versuche ihn zu ermuntern. Er müsse doch nur von seiner

Amtsautorität Gebrauch machen und einem seiner Untertanen befehlen, einen zur fünften Jahreszeit passenden Text zu verfassen und vorzutragen. Sein daraufhin einsetzender Gedankenblitz trifft mich Sekunden später mit voller Wucht: Bis Veilchendienstag habe ich genau vier Tage Zeit. Auftrag erteilt, gut gemacht, denkt Majestix. Naheliegend.

Vier Tage später trage ich meine Rache zwischen Fisch und Weinschorle vor:

Munsinge Helau!

Ich bin der Neue, der jetzt hier auch wohnt.
Und hoffe doch, dass das für euch auch lohnt.

Wenn du dein Zuhause wechseln tust,
Du dich umgewöhnen musst.
Das gilt auch für Monzingen, so heisst das hier.
Ich komm net klar mit diesem Schock
de la Kultür.

Den Bäcker hab ich ja gefunden,
Metzger auch schon in Minuten.
Ich kumm aus Düsseldorf am Rhein.
Da trinkt man Bier, das heisst dort Alt.
Gehst dann in die Kneipe hier,
Weil's dich gelüstet nach nem Glas,

Da staunste schnell trotz aller Gier.
Du orderst rasch dein Alt und hörst dann was?
„Halbtrocken oder trocken?", fragt die Stimm.
Alt ist dann ein Wein, das ist schon schlimm.
Der wird auch nicht gesoffen,
denn er heisst Plätzchen,
merkst du sehr betroffen.
Und wächst auch schon im Frühling.
Sollst das glauben, so ein Ding?

Bestellst du ein Schnitzel, bitte gar,
hörst du, dass das Schwein bis gestern noch dein
Nachbar war,
denn es kommt doch von Soonah.
„Krummbeere noch dazu un Soß?"
Das ist dir neu, was ist das bloß?
Ja, sagst du, und wirkst betroffen
Als du dann nur erhälst Kartoffeln.

Beim Bäcker kaufst du Brot,
Denn auch morgens tut das Not.
„Sie wolle des am Stück oder geschniiet?"
Prompt weisst du nicht, was dir geschieht.
Und denkst du wärst verrück
Und nimmst es vorsichtshalber dann am Stück.

Der Schreiner kommt und
macht dein Fenster neu,
auf dass sich dann dein Herz erfreu.

Er nimmt Mass und meint: 1,7 x 2,4.
Ich pass uff, damit auch nix passier.
1,7 mal 2,4 ist das im Lebe nie.
Kleiner Tipp, sagst du:
Richtig ist eins zwo uff eins und Komma siebe.
Der Meister hört dich an un sagt ganz schnell
„Junger Mann, des is die Monz'ger Ell',
Mit der ich hier mess, weil mer hier des halt so
mache.
Mit Meter un so Stöck tu ich mich nur
verkrache."

Andere Städte, andere Masse,
andere Getränke, andere Hase.

Du passt dich an ans neue Lebe,
Damit im Dorf zurecht kommst ebe.
Kaufst ein Vokabelheft gleich ein,
Und schreibst die komisch neue Wörter rein.
Das war schon in der Schule so:
Wer heut viel lernt, wird später froh.

Drei Tage später dann geht's rund.
Es kommt des Mittwochs Wanderstund.
Du nimmst teil, weil du so denkst:
Bevor du nur zu Haus rumhängst,
Dass da vielleicht die Weiblichkeit dich lockt.
Es ist ja der Verkehrsverein, der das da rockt.
Die Enttäuschung doch war herb:

Die waren als net so verderb.
Sie liefen nur zum Berg der Hasen.
Mal übern Weg, mal übern Rasen.

Und doch gabs wieder was zu lerne:
Schon wieder neue Worte, ich habs gerne.
Grummbeere komm hier nit aus der Erde.
Da kannst glatt verrück von werde.
Die werrn geernt auch net mit Schippe,
Die kumme nämlich hier aus Dippe.
Un wenn se runnerfalle, werd geschrubb.
Bis sich das Haus dann wieder als famos
entpupp,
Wenn Drobbe falle, dann iss Rään.
Ganz kurz das Wort, is das nit scheen?

Du denkst an deinen alten Lehrer inne Schul.
Der konnt Grammatik wie ne Doll.
Und so langsam dämmert dir:
Auch in der Sprache gibt's wohl hier
so manches wie ne Monz'ger Ell'.
Und des lernst du nit so schnell.
Einfach annere Regele un ganz kompliziert,
Damit du es auch nächste Woch
noch nit kapierst.
Du versuchst den Regeln
uff ihr Schlich zu kumme,
Damit du nicht so ewig bleibst der Dumme.
Un dann fängt's an in dir zu dämmere:

Du musst dir immer nur einhämmere:
Die Leut sin sparsam.
Die lasse infach nur was weg.
Der Boden wird hier nicht geschrubbt.
Das T fott und ganz flott.
So wird aus geschrubbt geschrubb.
Beim Regen gehts noch doller:
3 Lettern weg mit ohne Koller:
Aus Regen wird dann blitzschnell Rään.
Auch wenn die Ohren nit druff stehn.
Und geschnitten ist geschniiet.
Und wenns nit wach bist, bist wohl miied.
De Blume werre goss,
Wohl weil des Wasser dorin floss.
Un der Text, der wird geschriieb,
Dei Hinkelbrieh, die iss als triieb.

Recht praktisch, hier die Sprach, denkst du.
Es spart Zeit und Geld, und das noch immerzu.
Immer hinne 1 oder mehr schnell abgeschniiet
un bei alle Texte es von ganz allein geschieht,
Dass du am End vun deine Leebe
mindestens vier Seite Papier gespart hast eebe.

Am nächste Tag schon wieder Neues dann ge-
schah.
Der Heinz da gang mim Hund, ruft „weesche ja".
Obgleich die Wäsche ich nicht sah,
So ahnt' ich doch was hier geschah.

Der gute Mann sprach nit von dreckich Socken,
Und auch nicht von Kirchenglocken.
Nein, er wollt nur grüssen: weisst du ja.
Wesche ja. Das ist Genial!
Es sagt nix aus un man verstehts auf jeden Fall.
Das spart richtig Zeit und auch Papier.
Nee, is des scheen un ich so glücklich hier.

Nachm Hasenberg werd noch inngekehr
Uff dass euch schmecke der Verzehr.
Un ihr dann häufig wiederkehr.

Dann aber höre deine Lauscher des:
„S Anja hott sei Della nit gäss!".
Du stutzt u weescht sofott:
Des kapierschte net so flott.
Ganz leise übersetzt du dir indessen:
Es Anja hat seinen Teller nicht gegessen.

Teller kannste nit gut kaue
Un lasse sich auch schlecht verdaue.
Un es Anja ist doch auch allein gekomm.
Wer ist dann dieser „Sein",
des Teller sie genomm?
Dein Lehrer hätt gesagt, des isse Mann.
Doch siehst du keinen, was isses dann?

Dir schwant: Der Satz hat's in sich und du musst
erst denke,

musst in größ'rem Umfang
dir das Hirn verrenke.

Da ist also eine Dame. Die heisst Anja.
Und da ist ein von ihr nicht gegessener Teller.
Der Mann, dem der gehört, der is nit da.
Auch nicht am Nachbartisch un nit im Keller.
Also muss sich des „sei Della"
uff ees Anja ja beziehe,
sagt dein Hirn mit ganz viel Mühe.
S Anja wird sprachlich kurz zum Mann gemacht,
weil sie keinen solchen hat sich mitgebracht.
Aber dann ist da auch noch dieses Ees.
Du fragst dich, was ist das gewees?
Vorn im Satz ist Anja sehr geschlechtslos sächlich
un weiter hinne wird se dann noch männlich.

Dei Analys von der Geschicht,
Des is ganz schlicht:
In Munsinge isses eenfach wie in England:
Die Tommys hamm nur ee Wort zur Hand.
Und sagen so nur „the" galant.

Alles da ist „the".
The woman, the man, the house, the car.
So is des auch hier, drum sage die ees Anja.
Ees Anja ist sächlich
Und das stimmt tatsächlich:

Hast du nur ein Geschlecht, dann geht das
schneller:
Es ist nicht ihr, sondern einfach dann sei Della.
Daher is des Anja aach kee Frau,
sie ist ja sächlich.
Nit zu fasse!! Des is schrecklich!

Was bedeutet das für mich, frag ich?
Die Damen meiner neuen Heimat
sin nit weiblich.
Schad, find ich, ich mag das eigentlich.
Doch sind die Fraue hier nur Sachen.
Und ich kann da auch nicht lachen.
Da haste jahrelang geübt mit den Geschenke,
Damit se dir ihr Blicke schenke,
Wenn du bringst ihr Blume un Praline,
Die Tür uff hälst und nennst ganz lieb sie Biene.
All das ist jetzt mit einem Schlag
nur noch bedeutungslos, de ganze Daach!
Des is doch nur noch schlimm!, denk ich mir do.
Wie macht man dann hier Liebe, Küss' un so?

In jeder Anzeich inner Zeitung werre heit,
Sprachlich korrekt gesucht die Leit!
Austräger/innen, Postzusteller/innen, Bäcker/
innen.
Nix zu lesen da von Ees un ees mit innen.
Nur eine Ausnahm ist bekannt
und findst du nirgendwo im Land:

Raumpfleger gibt es nur als diese.
Und das macht Sinn, denn wenn es hiesse:
Raumpfleger/innen, dann is das doppelt,
Was du dann daher gemoppelt.
Raumpfleger schaffe immer inne.
Raumpfleger/aussen sinn doch Gärtner/inne.

Und das ees ist auch so ungerecht.
So behandelt man die Mädels schlecht!
Das liebe junge Ding, das hier gebore,
Kann so nie zur Frau werrn dann erkoore.
Aus ees Anja kann da nie die Anja werde,
Wenn's ees da stehn bleibt für alle Zeete.
Sie werd greeser und werd scheener,
Un doch bleibt's Anja dann ja kleener.
Sie muss de Tür sich selber öffne,
Kriiescht kee Praline mit Gesöffe,
Blume darf se selber pflücke,
Un muss sich dabei dann noch bücke!
Da ist Depression dann net mehr weit,
So geht das nit, ihr liebe Leit!

Aber dann, es kimmt noch schlimmer;
Wo seid ihr hier und wisst es immer!

Wer verkäuft die Fische un Kartoffeln hier?
Un wer schenkt aus de Woi un Bier?
Der Laden hier heisst Sängerlust!
Da trifft mich dann der volle Frust!

Kaum Kerle hier im Chor, aber jede Menge Ees.
Das soll's dann sein gewees?
Wieso sagt ihr nur Sängerlust?
Was ist denn mit der Damen Lust?
Habt ihr denn des nit gewusst?
Das die auch schon gern mal lustig werrn.
Das is doch nix nur für die Herrn!

Ich ruf daher euch Anjas dieser Welt auch zu:
Wehrt euch doch und stoppt den Schmuh!
Ihr Hildchen, Sabinchen, Gabileins,
Juttchen, Ninchen und auch Monileins!
Und alle anderen Ees-chen
un die sonstgen Häschen.
Revolution müsst ihr doch machen!
Im ganzen Dorf muss es voll krachen.
Wehrt euch! Macht Radau,
erstürmt die Barrikaden!
Es muss sich schnell was tun im Laden!
Macht von eurem Recht doch nur Gebrauch!
Die weiblich' Entwicklung wollt ihr auch.
Nur wenn ihr aufsteht und laut schimpft,
Dann wird's den Kerlen eingeimpft:
Das Ees vorm Namen euch verglimpft!

Drum müsst ihr kämpfe wie e Wolf,
Dann wird euch in die Jack geholf.
Ihr kriegt Praline dann geschenkt,

Die Welt ist wieder oigerenkt.
Die Blumenselbstpflückfelder werre umgepflügt,
Un wer's ees gebraucht, gerügt.
Mit Diskriminierungsklage überzoge,
Bis er dann sagt, das ees, des is geloge.

Mei Ratschlag an die Herre hier heut Nacht:
Seht zu, dass ihr jetzt schnell was macht.
Kauft euren Ladies viele Fisch,
dann ist der Stunk alsbald vum Tisch.
Aus den Ees werrn schöne Damen,
Der Abend kriegt nen guten Rahmen.

Und wer's jetzt noch nit kapiert
Und meint ich sei geschmiert.
Von Anna, Hilde u Dolores,
Des sei nix als Kokolores,
Dem sag ich dann ganz leis ins Ohr,
Dass er so dumm sei wie zuvor,
Ein armer Tropf nur und ein Tor.
Weil er verspüren wird es nie,
Dass Ees kee Lust versprie.
Machs einfach immer nur so weiter,
Nur eines wirst so nicht u das ist heiter.

Des ware meine Gedanke dann für heute,
Vun eurm Neue, liebe Leute.
Wenn's euch gefallt hat, sag ich Dank.
Und wenn nit, dann zieh ich blank!

Ihr könnt auch alles lasse wie es ist.
Ich denk dann nur, was für e Mist.
Ich greife dann zur letzten List
Und ruf euch zu u das ist schlau,
Es ist doch Fassenacht! Helau!

Sylvester ist vorbei. Raketen brauchte ich keine. Das erledigt wie so vieles auch die fürsorgliche Nachbarschaft. Raclette vernichtet wie immer, Gewicht …. na ja. Vorsätze: Keine. Kann alles so bleiben wie es ist. Wünsche? Ja. Mehr Frieden in der Welt und endlich mal wieder gesunden Menschenverstand wahrnehmen. Vielleicht erfüllt es sich ja.

Gisela lädt mich zum Mittagessen ein. Es gibt Kassler, Sauerkraut, Kartoffeln und Meerrettichsauce. Sehr freundlicher Auftakt. Begleitend würde ich gern das Neujahrskonzert der Wiener Philharmoniker sehen. Gisela wundert sich und entdeckt eine neue Seite an mir. Bislang glaubte sie, ich höre nur so grässliche Rockmusik und das Lewwerworschtlied der Anonyme Giddarischde („Stoss mo uff mein Schatz, ich riech die Lewwerworscht so gern"). Sie macht die Glotze an und ich geniesse die Harmonien des Orchesters. Gisela nutzt die Chance und will mir gleich wieder einen Konzertbesuch bei Andre Rieu verkaufen. Ich lehne abermals ab. Nicht meins. Und nein, Helmut Lotti auch nicht. Peter Gabriel mit Sledgehammer ginge, aber der will auch dieses Jahr nicht vor Naheliegendem Publikum auftreten.

Nachtisch hat sie heute nicht gemacht. Hmm, sie hat vermutlich auch keine Vorsätze für das neue Jahr. Sie bietet Baumkuchenspitzen mit Eierlikör vom Lieblingsdiscounter an. Auch gut. Ich bedanke mich für die Einladung und widme mich dann der Couch und dem Neujahrsspringen der Vierschanzentournee.

Um 17.22 Uhr hat offensichtlich auch Dassy den Fernseher ausgemacht und schickt Neujahrsgrüsse an die Mittwochswanderer.

„Die Wanderer sind gut zu Fuß,
stete Übung ist ein Muss.
Immer mittwochs - das ist Pflicht,
denn nur wer mitgeht rostet nicht.

In diesem Sinne auf in ein neues Wanderjahr."

Ich grinse und frage mich, ob da noch der Alkohol von gestern nachwirkt, oder ob er sich wirklich bei den Wanderrentnern einschleimen will. Da ich mir das nicht verkneifen kann, funke ich ihn an, um mich zu erkundigen. Natürlich bilateral.

Da kommt schon wieder eine Nachricht! Es ist Gisela, wer hätte das gedacht?

„Super! Lob von der Chefin! Lachender Smiley. Frage an den Autor: Darf ich den Reim als unseren Slogan verwenden? …und lieber Dichter, überleg noch mal, ob man MUSS und PFLICHT nicht doch positiver ausdrücken kann (z.B. ….stete Übung ist eine Lust). Zwinkernder Smiley"

Der Urheber gibt sich gewohnt großzügig.
„Du darfst das frei benutzen, abändern, verfälschen, verballhornen und ignorieren."

Gut gekontert. Mir lag auf der Zunge:

„Warum ändern, wenn das Wort doch treffend ist?
Da find' ich, korrigieren ist doch Mist.
Ein Ansporn sollt' es sein, sich zu bewegen.
In der Natur, ob nah, ob fern gelegen.
Da freut man sich und ändert's nicht in ‚Lust',
Das nämlich schafft beim Autor Frust."

Neues Jahr, nicht mein Gedicht. Also halte dich zurück, diszipliniere ich mich.

Genau in diese Überlegungen stösst Dassys Frage an mich, ob wir ein Bierchen trinken gehen sollen, wenn Ahmet's kulinarische Stätte heute geöffnet haben sollte. Kurz darauf sitzen wir dort und lassen es uns gut gehen. Dassy erzählt mir irgendwann auch ganz offen von seinen Suchterlebnissen und wie er mit Disziplin und Willensstärke die Krankheit erfolgreich bezwungen hat. Es beeindruckt mich sehr, und für sein Vertrauen bin ich dankbar. Er ist einfach ein klasse Typ. Schön, dass ich ihn kenne. Er zahlt die Rechnung und fährt mit zwei Pizzas zurück zu seiner Frau.

Wieder zu Hause schreibe ich ihm:
„Was für ein schöner Beginn eines neuen Jahres! Danke und bon appetit!"

Naheliegender Gedanke, finde ich.

Das sind sie, meine kleinen Monzinger Geschichten. Ich hoffe, es werden noch einige folgen. Da der aufmerksame Leser ja vielleicht
doch hier und da das Gefühl hat, der Autor
habe eine starke Neigung zur Reflexion, so sei
an dieser Stelle verraten:

Die Geschichten sind inspiriert von tatsächli-
chen Begebenheiten, die Namen geändert.

Beobachten und Erlebtes mit Humor sehen/
durch den Kakao ziehen/satirisch formulieren
mag ich.
Menschen mag ich auch sehr, zumindest viele.
Und ich freue mich gern.
Das war, glaube ich, schon immer so.

Was mir aber vor allem auffällt, ist, dass in
Monzingen vieles anders ist als an all den an-
deren Orten, in denen ich schon wohnte
(Meerbusch, Gelsenkirchen, Kronberg, Oberur-
sel, Bremen, Aumühle, Hamburg, Carlsdorf,
Fleckeby, noch mal Meerbusch, Kapellen, Düs-
seldorf, Tokio (drei Wohnorte in fünf Jahren),
Frankfurt, Mosbach, Weimar, Baden-Baden,

noch mal Frankfurt, Meckenheim, Hassloch, Neustadt-Gimmeldingen, Neustadt-Haardt, Nussloch). Nirgendwo hatte ich so schnell so viel Glück in so vielen verschiedenen Situationen wie hier in Monzingen. Das macht mich sehr glücklich und zufrieden. Und ich danke sehr für die herzliche Aufnahme und Eingemeindung.

Meinen etwas bissig erscheinenden Humor möge man mir nachsehen. Dahinter verbergen sich geheime Liebeserklärungen! Denn über die Stinkstiefel auf dieser Welt schreibe ich nur die ganze Wahrheit unter Pseudonym.

To be continued, hopefully.